阅读之前 没有真相

午 夜 文 库

阿加莎·克里斯蒂

赫尔克里·波洛系列

阿加莎·克里斯蒂

Agatha Christie（1890—1976）

无可争议的侦探小说女王，侦探文学史上最伟大的作家之一。

阿加莎·克里斯蒂原名为阿加莎·玛丽·克拉丽莎·米勒，一八九〇年九月十五日生于英国德文郡托基的阿什菲尔德宅邸。她几乎没有接受过正规的教育，但酷爱阅读，尤其痴迷于歇洛克·福尔摩斯的故事。

第一次世界大战期间，阿加莎·克里斯蒂成了一名志愿者。战争结束后，她创作了自己的第一部侦探小说《斯泰尔斯庄园奇案》。几经周折，作品于一九二〇年正式出版，由此开启了克里斯蒂辉煌的创作生涯。一九二六年，《罗杰疑案》由哈珀柯林斯出版公司出版。这部作品一举奠定了阿加莎·克里斯蒂在侦探文学领域不可撼动的地位。之后，她又陆续出版了《东方快车谋杀案》、《ABC 谋杀案》、《尼罗河上的惨案》、《无人生还》、《阳光下的罪恶》等脍炙人口的作品。时至今日，这些作品依然是世界侦探文学宝库里最宝贵的财富。根据她的小说改编而成的舞台剧《捕鼠器》，已经成为世界上公演场次最多的剧目；而在影视改编方面，《东方快车谋杀案》为英格丽·褒曼斩获奥斯卡大奖，《尼罗河上的惨案》更是成为几代人心目中的经典。

阿加莎·克里斯蒂的创作生涯持续了五十余年，总共创作了八十余部侦探小说。她的作品畅销全世界一百多个国家和地区，累计销量已经突破二十亿册。她创造的小胡子侦探波洛和老处女侦探马普尔小姐为读者津津乐道。阿加莎·克里斯蒂是柯南·道尔之后最伟大的侦探小说作家，是侦探文学黄金时代的开创者和集大成者。一九七一年，英国女王授予克里斯蒂爵士称号，以表彰其不朽的贡献。

一九七六年一月十二日，阿加莎·克里斯蒂逝世于英国牛津郡沃灵福德家中，被安葬于牛津郡的圣玛丽教堂墓园，享年八十五岁。

加莎·克里斯蒂 侦探作品年表

波洛系列

1920 The Mysterious Affair at Styles《斯泰尔斯庄园奇案》

1923 Murder on the Links《高尔夫球场命案》

1924 Poirot Investigates《首相绑架案》

1926 The Murder of Roger Ackroyd《罗杰疑案》

1927 The Big Four《四巨头》

1928 The Mystery of the Blue Train《蓝色列车之谜》

1932 Peril at End House《悬崖山庄奇案》

1933 Lord Edgware Dies《人性记录》

1934 Murder on the Orient Express《东方快车谋杀案》

1935 Three—Act Tragedy《三幕悲剧》

1935 Death in the Clouds《云中命案》

1936 The ABC Murders《ABC谋杀案》

1936 Murder in Mesopotamia《古墓之谜》

1936 Cards on the Table《底牌》

1937 Dumb Witness《沉默的证人》

1937 Death on the Nile《尼罗河上的惨案》

1937 Murder in the Mews《幽巷谋杀案》

1938 Appointment with Death《死亡约会》

1938 Hercule Poirot′s Christmas《波洛圣诞探案记》

1940 Sad Cypress《H庄园的午餐》

1940 One, Two, Buckle My Shoe《牙医谋杀案》

1941 Evil Under the Sun《阳光下的罪恶》

1943 Five Little Pigs《五只小猪》

1946 The Hollow《空幻之屋》

1947 The Labours of Hercules《赫尔克里·波洛的丰功伟绩》

1948 Taken at the Flood《致命遗产》

1952 Mrs. McGinty′s Dead《清洁女工之死》

1953 After the Funeral《葬礼之后》

1955 Hickory Dickory Dock《山核桃大街谋杀案》

1956 Dead Man′s Folly《弄假成真》

1959 Cat Among the Pigeons《鸽群中的猫》

1960 The Adventure of the Christmas Pudding《雪地上的女尸》

1963 The Clocks《怪钟疑案》

1966 Third Girl《第三个女郎》

1969 Hallowe′ en Party《万圣节前夜的谋杀》

1972 Elephants Can Remember《大象的证词》

1974 Poirot′ s Early Stories《蒙面女人》

1975 Curtain—Poirot′s Last Case《帷幕》

马普尔小姐系列

1930 The Murder at the Vicarage《寓所谜案》

1932 The Thirteen Problems《死亡草》

1942 The Body in the Library《藏书室女尸之谜》

1943 The Moving Finger《魔手》

1950 A Murder Is Announced《谋杀启事》

1952 They Do It with Mirrors《借镜杀人》

1953 A Pocket Full of Rye《黑麦奇案》

1957 4.50 from Paddington《命案目睹记》

1962 The Mirror Crack′ d from Side to side《破镜谋杀案》

1964 A Caribbean Mystery《加勒比海之谜》

1965 At Bertram′ s Hotel《伯特伦旅馆》

1971 Nemesis《复仇女神》

1976 Sleeping Murder《沉睡谋杀案》

1979 Miss Marple′s Final Cases《马普尔小姐最后的案件》

其他系列及非系列

1922 The Secret Adversary《暗藏杀机》

1924 The Man in the Brown Suit《褐衣男子》

1925 The Secret of Chimneys《烟囱别墅之谜》

1929 Partners in Crime《犯罪团伙》

1929 The Seven Dials Mystery《七面钟之谜》

1930 The Mysterious Mr. Quin《神秘的奎因先生》

1931 The Sittaford Mystery《斯塔福特疑案》

1933 The Hound of Death《控方证人》

1934 Why Didn′ t They Ask Evans?《悬崖上的谋杀》

1934 The Listerdale Mystery《金色的机遇》

1934 Parker Pyne Investigates《惊险的浪漫》
1939 Murder Is Easy《逆我者亡》
1939 And Then There Were None《无人生还》
1941 N or M?《桑苏西来客》
1944 Towards Zero《零点》
1945 Sparkling Cyanide《闪光的氰化物》
1945 Death Comes as the End《死亡终局》
1949 Crooked House《怪屋》
1950 Three Blind Mice and Other Stories《三只瞎老鼠》
1951 They Came to Baghdad《他们来到巴格达》
1954 Destination Unknown《地狱之旅》
1958 Ordeal by Innocence《奉命谋杀》
1961 The Pale Horse《灰马酒店》
1967 Endless Night《长夜》
1968 By the Pricking of My Thumbs《煦阳岭的疑云》
1970 Passenger to Frankfurt《天涯过客》
1973 Postern of Fate《命运之门》
1991 Problem at Pollensa Bay《神秘的第三者》
1997 While the Light Lasts《灯火阑珊》

出版前言

纵观世界侦探文学一百七十余年的历史，如果说有谁已经超脱了这一类型文学的类型化束缚，恐怕我们只能想起两个名字——一个是虚构的人物歇洛克·福尔摩斯，而另一个便是真实的作家阿加莎·克里斯蒂。

阿加莎·克里斯蒂以她个人独特的魅力创造着侦探文学史上无数的传奇：她的创作生涯长达五十余年，一生撰写了八十余部侦探小说；她开创了侦探小说史上最著名的“黄金时代”；她让阅读从贵族走入家庭，渗透到每个人的生活中；她的作品被翻译成一百多种文字，畅销全球一百五十余个国家，作品销量与《圣经》《莎士比亚戏剧集》同列世界畅销书前三名；她的《罗杰疑案》《无人生还》《东方快车谋杀案》《尼罗河上的惨案》都是侦探小说史上的经典；她是侦探小说女王，因在侦探小说领域的独特贡献而被册封为爵士；她是侦探小说的符号和象征。她本身就是传奇。沏一杯红茶，配一张躺椅，在暖暖的阳光下读阿加莎的小说是一种生活方式，是惬意的享受，也是一种态度。

午夜文库成立之初就试图引进阿加莎的作品，但几次都与版权擦肩而过。随着午夜文库的专业化和影响力日益增强，阿加莎·克里斯蒂的版权继承人和哈珀柯林斯出版公司主动要求将版权独家授予新星出版社，并将阿加莎系列侦探小说并入午夜文库。这是对我们长期以来执着于侦探小说出版的褒奖，是对我们的信任与鼓励，更是一种压力和责任。

新版阿加莎·克里斯蒂作品由专业的侦探小说翻译家以最权威的英文版本为底本，全新翻译，并加入双语作品年表和阿加莎·克里斯蒂家族独家授权的照片、手稿等资料，力求全景展现“侦探女王”的风采与魅力。使读者不仅欣赏到作家的巧妙构思、离奇桥段和睿智语言，而且能体味到浓郁的英伦风情。

阿加莎作品的出版是一项系统工程，规模庞大，我们将努力使之臻于完美。或存在疏漏之处，欢迎方家指正。

新星出版社

午夜文库编辑部

Agatha Christie

Over the next few years, we plan to celebrate two very important Agatha Christie anniversaries. In 2015, it is the 125th anniversary of her birth in Torquay, South Devon, England, and in 2020 it will be 100 years after her first book, THE MYSTERIOUS AFFAIR AT STYLES, featuring her famous detective, Hercule Poirot, was published. This is therefore a very appropriate moment to publish a new edition of her works, and I am delighted that HarperCollins has chosen to work with New Star on these new editions. New Star is China's top crime publisher, and has a strong and dedicated editorial staff and a confirmed passion for Agatha Christie, making them the ideal partner. It is the right time to make these classic books available in modern translations and so to bring Agatha Christie's books anew to her many fans in China, giving them a new reason to re-read these much-loved stories, as well as introducing them to a whole new audience. How delighted Agatha Christie would have been that her stories (as she called them) are still giving so much pleasure to so many people all over the world!

I think there are two very remarkable things about Agatha Christie's stories. The first is that they are so adaptable. It doesn't really matter which language they appear in, the stories and the plots still give the same thrill, still provide the same puzzles, and the characters still have the same attraction. Readers in China will I am sure enjoy Hercule Poirot and Miss Marple just as much as we do in England, and readers in China will still be transfixed by the surprises and horrors of AND THEN THERE WERE NONE, one of the great classics of 20th century detective fiction, as we are here.

Agatha Christie

The second is that the stories give a wonderful picture of England, particularly rural England, at the time Agatha Christie lived. She wrote books from 1920 until 1970 but it is sometimes hard to tell which part of her life each book was written in. Her characters and the life they lived were very much the same. The life we all live is changing very quickly these days but "the Agatha Christie world" stays the same. Perhaps the Miss Marple stories provide the best example of this, and in some ways, THE BODY IN THE LIBRARY and NEMESIS are quite similar, despite the fact that thirty years elapsed between the time they were written.

Perhaps I might end by mentioning three Agatha Christies (other than the ones mentioned above) which I think demonstrate why she is so popular, even in the twenty-first century. The first is MURDER ON THE ORIENT EXPRESS, one of the most famous with one of the most ingenious and human plots. Read this on one of your long train journeys in China! Next is A MURDER IS ANNOUNCED, a Miss Marple which was her 50th book. It has my favourite murderer in it! And last is ENDLESS NIGHT a story about evil and how it affects three young people, written at the time when I knew her best, and understood how deeply she cared and sympathised with young people and the world they lived in.

Whichever are your favourites I hope you enjoy these stories that New Star are introducing to you again. I think it is a great publishing event.

Mathew Prichard

Grandson of Agatha Christie

Chairman of Agatha Christie Ltd

致中国读者

（午夜文库版阿加莎·克里斯蒂作品集序）

在未来的几年中，我们将筹备两个非常重要的关于阿加莎·克里斯蒂的纪念日。二〇一五年是她的一百二十五岁生日——她于一八九〇年出生于英国的托基市；二〇二〇年则是她的处女作《斯泰尔斯庄园奇案》问世一百周年的日子，她笔下最著名的侦探赫尔克里·波洛就是在这本书中首次登场。因此新星出版社为中国读者们推出全新版本的克里斯蒂作品恰逢其时，而且我很高兴哈珀柯林斯选择了新星来出版这一全新版本。新星出版社是中国最好的侦探小说出版机构，拥有强大而且专业的编辑团队，并且对阿加莎·克里斯蒂的作品极有热情，这使得他们成为我们最理想的合作伙伴。如今正是一个良机，可以将这些经典作品重新翻译为更现代、更权威的版本，带给她的中国书迷，让大家有理由重温这些备受喜爱的故事，同时也可以将它们介绍给新的读者。如果阿加莎·克里斯蒂知道她的小故事们（她这样称呼自己的这些作品）仍然能给世界上这么多人带来如此巨大的阅读享受，该有多么高兴啊！

我认为阿加莎·克里斯蒂的作品有两个非常重要的特征。

首先它们是非常易于理解的。无论以哪种语言呈现，故事和情节都同样惊险刺激，呈现给读者的谜团都同样精彩，而书中人物的魅力也丝毫不受影响。我完全可以肯定，中国的读者能够像我们英国人一样充分享受赫尔克里·波洛和马普尔小姐带来的乐趣；中国读者也会和我们一样，读到二十世纪最伟大的侦探经典作品——比如《无人生还》——的时候，被震惊和恐惧牢牢钉在原地。

第二个特征是这些故事给我们展开了一幅英格兰的精彩画卷，特别是阿加莎·克里斯蒂那个年代的英国乡村。她的作品写于上世纪二十年代至七十年代间，不过有时候很难说清楚每一本书是在她人生中的哪一段日子里写下的。她笔下的人物，以及他们的生活，多多少少都有些相似。如今，我们的生活瞬息万变，但“阿加莎·克里斯蒂的世界”依旧永恒。也许马普尔小姐的故事提供了最好的范例：《藏书室女尸之谜》与《复仇女神》看起来颇为相似，但实际上它们的创作年代竟然相差了三十年。

最后，我想提三本书，在我心目中（除了上面提过的几本之外）这几本最能说明克里斯蒂为什么能够一直受到大家的喜爱。首先是《东方快车谋杀案》，最著名，也是最机智巧妙、最有人性的一本。当你在中国乘火车长途旅行时，不妨拿出来读读吧！第二本是《谋杀启事》，一个马普尔小姐系列的故事，也是克里斯蒂的第五十本著作。这本书里的诡计是我个人最喜欢的。最后是《长夜》，一个关于邪恶如何影响三个年轻人生活的故事。这本书的写作时间正是我最了解她的时候。我能体会到她对年轻人以及他们生活的世界关心至深。

现在新星出版社重新将这些故事奉献给了读者。无论你最爱的是哪一本，我都希望你能感受到这份快乐。我相信这是出版界的一件盛事。

阿加莎·克里斯蒂外孙

阿加莎·克里斯蒂有限责任公司董事长

马修·普理查德

二〇一三年二月二十日

阿加莎·克里斯蒂侦探作品集⑧

ABC谋杀案

The ABC Murders

Agatha Christie®

[英]阿加莎·克里斯蒂 著
赵文伟 译

新 星 出 版 社　NEW STAR PRESS

献给詹姆斯·瓦特

与我最有共鸣的读者之一

目 录

目录

序　言

这次，我一反常规，不只讲述有我在场的事件和场景。因此，我在某些章节采用了第三人称的叙事角度。

希望读者放心，我可以为这些章节中叙述的事件提供担保。如果在描述不同人物的想法和感受时采用了诗的破格，那是因为我相信自己记录的内容精确度相当高。此外，我的朋友赫尔克里·波洛也亲自审查过了。

总之，我想说的是，之所以用大量篇幅描写这一奇特的系列谋杀案所引发的次要人际关系，原因在于，人性和个人因素是永远不能忽略的。赫尔克里·波洛曾经以一种非常戏剧化的方式让我懂得——浪漫是犯罪的副产品。

至于破解ABC谜案，我只能说，在我看来，波洛显露出了真正的天赋，而且，这次他解决问题的方式与以往截然不同。

大英帝国勋章获得者

阿瑟·黑斯廷斯上尉

第一章　第一封信

一九三五年六月，我从南美的牧场返回伦敦，打算做为期半年的停留。我们在那儿的日子不大好过。经济大萧条波及全球，我们同样深受其苦。这次回来是因为英国有许多事需要处理，涉及人情世故，所以非成功不可。我妻子没有陪我一起回来，她留在那里继续管理牧场。

不用多说，我回到英国的第一件事就是去拜访老朋友赫尔克里·波洛。

我发现他把家安在了伦敦一幢最新式的服务公寓里。为此我数落了他一番，他也承认，选择这幢特殊的建筑，完全是因为看上了它那严格遵守几何规则的外观和比例。

“是啊，我的朋友，这样的对称很招人喜欢，你不这么认为吗？”

我说，我觉得太方了，会让人想起一个老笑话。我问他，这幢超现代公寓的工作人员是不是成功诱导母鸡下了方形的蛋？

波洛开怀大笑。

“啊，你还记得啊？哎呀！没有，科学还没有诱导母鸡顺应现代潮流，母鸡下的蛋依然大小不同、颜色各异！”

我深情地端详波洛。他容光焕发、神采奕奕，比起我上次见到他时，他一点儿也没变老，甚至还年轻了一些。

“波洛，你的状态不错，”我说，“一点儿都没变老。说实在的，如果可以的话，我应该说，你的白头发比我上次见到你的时候还少了几根。”

波洛面带微笑，看着我。

“为什么不可能呢？这就是事实嘛。”

“你的意思是，你的头发正由白变黑，而不是由黑变白？”

“的确如此。”

“但是，毫无疑问，从科学的角度讲，这是不可能的！”

“并非如此。”

“那就太奇怪了，这似乎是违背自然规律的。”

“和过去一样，黑斯廷斯，你有一颗美丽的心，而且从不多疑。岁月未能改变你身上的这个特点！你认识到一个事实的同时就会提出解决办法，而且，你这么做的时候，自己还意识不到！”

我盯着他，困惑不解。

他不置可否，走进卧室，回来时，递给我一个瓶子。

我接过瓶子，不明白是什么意思。

瓶子上写着：

> 再生——恢复自然发色。非染色剂。五种颜色可供选择：灰色、栗色、茶褐色、棕色、黑色。

“波洛！”我叫道，“你染头发了！”

“啊，你终于明白了！”

“怪不得你的头发比我上次回来的时候黑多了。”

“没错。”

“哎呀，”我从震惊中冷静下来，说，“我猜，等我下次回来的时候，你会戴上假胡子——你不会现在就戴着假胡子吧？”

波洛似乎想回避这个话题。胡子一直是他的敏感点，波洛特别引以为豪。我的话碰到了他的痛处。

“不，不，我的朋友。上帝保佑，我离那天还远着呢。假胡子！太可怕了！”

他用力扯了几下胡子，让我放心，他的胡子绝对是真的。

“是啊，你的胡子确实还很茂盛。”我说。

“难道不是吗？走遍整个伦敦，我还没见过谁的胡子能和我的媲美。”

干得好，我心里暗想，但这样的话我是绝对不会说出口的，否则会伤到波洛。

相反，我问他是否偶尔还干一下老本行。

“我知道，”我说，“很多年前你就退休了……”

“确实，我改种西葫芦啦！但只要发生谋杀案，我就立刻让西葫芦见鬼去。我知道你想说什么，从那时候开始，我就表现得像一个坚决举办告别演出的首席女高音！这样的告别演出不知重复了多少回！”

我哈哈大笑起来。

“是啊，确实很像。每次我都会说：到此为止吧。不行，总会有什么事发生！我承认，我的朋友，我根本不喜欢退休！如果不偶尔锻炼一下小小的灰质细胞，脑子会生锈的！”

“我明白了。”我说，“你会让它们适度地锻炼一下。”

“没错。我会精挑细选。现在的赫尔克里·波洛只挑棘手的案子。”

“有那么多棘手的案子吗？”

“还不错，不久前我侥幸逃脱了！”

“逃脱了失败？”

“不，不。”波洛似乎很震惊，“我，我，赫尔克里·波洛，差点儿被杀掉！”

我吹了一声口哨。

“这个凶手胆子够大的！”

“胆量还在其次，主要是粗心。”波洛说，“没错，是粗心。不过，先不谈这个了。黑斯廷斯，你知道，我在很多方面把你看成我的福星。”

“是吗？”我说，“在哪些方面？”

波洛没有直接回答我的问题，而是继续说：

“刚听说你要来，我就告诉自己：又要出事了。过去我们一起打猎，我们俩。如果真是这样，肯定不是一件普通的事。这事肯定——”他兴奋地挥舞着双手，“罕见、精致、漂亮……”他在最后一个形容词上添加了足够的作料。

“我敢保证，波洛，”我说，“无论是谁听了你刚才那番话，都会以为你在丽兹酒店点菜呢。”

“难道就不能点罪吗？确实如此。”他叹了口气，“不过，我相信运气，相信命运，如果你愿意的话。站在我身边，阻止我犯下不可饶恕的错误，这就是你的宿命。”

“你说的不可饶恕的错误指的是什么？”

“忽视显而易见的东西。”

这句话在我脑子里转了几圈，我没太明白是什么意思。

“好吧。”过了一会儿，我微笑着说，“这个超级案件出现了吗？”

“还没有，至少……”

他突然不说了。皱起眉头，面露困惑之色，伸手下意识地摆正了我无意中碰歪的东西。

“我没有十足的把握。”他慢吞吞地说。

他的语气很古怪，我惊讶地看着他。

他依旧眉头不展。

突然，他坚定而迅速地点了一下头，穿过房间，朝窗户旁边的一张桌子走去。不用我多说，桌上的东西分类摆放，而且贴着整齐的标签，他立刻找到了想要的东西。

他慢慢向我走来，手里拿着一封打开的信。他先把这封信通读了一遍，然后交给我。

“告诉我，我的朋友，”他说，“你怎么看这个？”

我怀着几分兴趣，从他手里接过信。

这是一张很厚的白色便笺纸，信的内容是用打字机打的：

赫尔克里·波洛先生，

让我们可怜愚笨的英国警察束手无策的谜案，你却可以轻松破解。你一定很得意吧？好了，那就让我们看看聪明的波洛先生到底有多聪明。可能你会发现，这是一块很难啃的骨头。这个月的二十一号，请留神安德沃尔。

你忠实的

ABC

我瞥了一眼信封，信封上的字也是打印的。

“邮戳是伦敦 WC 1。”当我把注意力转向邮戳时，波洛说，“你怎么看？”

我耸了耸肩膀，把信还给他。

“写信的人是个疯子吧，我猜。”

“难道你想说的只有这个？”

“你不觉得这是疯子干的事吗？”

“是的，我的朋友，确实像疯子干的。”

他的语气很严肃，我讶异地看着他。

“你还真把它当回事了，波洛。”

“我的朋友，疯子必须被严肃对待。疯子是很危险的人物。”

“是啊，当然了，确实……我没考虑到这一点……但是，我想说的是，这好像是一出拙劣的恶作剧，可能是哪个开心的白痴喝多了[①]。”

“什么？九，九什么？”

“没什么，只是一种表达方式而已。我指的是一个喝得醉醺醺的人。不，该死，一个多喝了一杯的家伙！”

“谢谢，黑斯廷斯——‘醉醺醺’这个词我熟。就像你说的那样，除此之外没什么……”

“你认为有什么？”他不满的语气令我震惊，于是我便问他。

波洛怀疑地摇了摇头，没有说话。

“你是怎么做的？”我询问道。

“我还能怎么做？我把这封信拿给贾普看，他和你的观点一致——一个愚蠢的骗局——他用的是这种表达方

①原文“have one over the eight”直译为八加一，引申义是多喝了一杯。

式。苏格兰场每天都能收到类似的东西，我也得到了一份……”

“但你当真了？”

波洛慢条斯理地回答。

“这封信里的某些东西，黑斯廷斯，我不喜欢……”

他的语气给我留下了深刻的印象。

“你认为是什么？”

他摇了摇头，拾起那封信，放回桌子上。

“如果你真把它当回事，就不能做些什么吗？”我问道。

“你和以前一样，行动派！可是，我能做什么呢？郡警察已经看过这封信了，他们不屑一顾。信上没有指纹。至于写信的人是谁，没有一点儿线索。”

“仅仅是你的直觉？”

“不是直觉，黑斯廷斯。直觉这个词不好。是我的知识，我的经验，告诉我，那封信不太对劲儿……”

他找不到合适的词，于是用手比画，接着又摇了摇头。

“可能是我小题大做了，但不管怎么说，只能等，没有别的办法。”

“嗯，二十一号是星期五，如果那天在安德沃尔附近发生一起特大抢劫案……”

“啊，那将是一种安慰！”

“安慰？”我盯着他。这个词用得太奇怪了。

“抢劫是件可怕的事，怎么会是安慰呢！”我反对他的说法。

波洛用力摇头。

“你错了，我的朋友，你没明白我的意思。如果真的只是抢劫案，倒要松一口气，我就不用为别的事担心了。”

“担心什么事？”

“谋杀。”赫尔克里·波洛说。

第二章　并非黑斯廷斯上尉的个人叙述

亚历山大·波拿巴·卡斯特先生从座位上站起身，用近视眼环顾破旧不堪的卧室。他刚才坐的地方很窄，因此背部僵硬。等他将整个身体舒展开来时，旁观者才意识到原来这个男人的个子相当高，是他弯腰驼背和看东西时眯着眼睛的样子让人产生了错觉。

门后挂着一件旧大衣，他从大衣口袋里摸出一包廉价香烟和几根火柴，点着一根烟，回到桌子旁。他拿起一本列车时刻表翻看，然后将目光移到一份打印好的名单上，用一支钢笔在一个名字旁边打了一个钩。

这天是六月二十号，星期四。

第三章　安德沃尔

那封匿名信带给波洛的不祥之感曾经给我留下深刻印象，但我不得不承认，等二十一号真的到来的那天，我已经把这件事忘了，直到我们的朋友、苏格兰场的总督察贾普来看我们，我才想起这事。我们已经和这位英国刑事调查局的警督相识多年，他热情地欢迎我回来。

他惊呼道："哎呀，黑斯廷斯上尉从那片荒野回来啦！这让我想起了从前你和波洛先生在这里的情形。你看起来气色不错。可惜有点儿谢顶，嗯？唉，大家都会有这么一天的。我也一样。"

说实在的，我有些尴尬。我还以为头顶的头发经过我的一番精心梳理，贾普所说的稀疏的情况就不会太明显。不过，在我看来，贾普从来就不是一个圆滑的人，于是，我假装若无其事，同意他的说法，我们都不会越长越年轻的。

"波洛先生除外，"贾普说，"他可以给生发水做广告了。脸上也长出了很多毛。到老了却成了众人关注的焦点。当今著名的案件都少不了他的参与。火车谜案，飞机谜案，上流社会死亡事件——哦，他在这里，他在那里，他无处不在。退休了倒成了名人。”

“我对黑斯廷斯说过，我就像一个首席女高音，信誓旦旦地要告别舞台，却总出来露个脸。”波洛笑呵呵地说。

“就算你要侦查自己的死亡案件，我都不会感到惊讶的。”贾普说着，开怀大笑，“嗯，这个想法不错。应该写到书里去。”

“这件事只能交给黑斯廷斯办了。”波洛朝我眨了一下眼睛。

“哈哈，开个玩笑，玩笑。”贾普大笑道。

我真是不明白，有那么好笑吗？反正，我觉得这个笑话很低级。波洛，这个可怜的家伙确实老了。拿他要死这件事开玩笑，他心里不可能舒服。

可能是我的态度泄露了这种情绪，因为贾普换了一个话题。

“你听说了吗？有人给波洛先生写了封匿名信？”他问道。

“那天我拿给黑斯廷斯看了。”我的朋友说。

“是啊。”我大叫道，“我都忘了，让我想想啊，信上提到的日期是哪天来着？”

“二十一号。”贾普说，“这就是我顺道来拜访的原因。昨天是二十一号，出于好奇，晚上我给安德沃尔打了个电话，确实是个恶作剧。没出什么大事。一家商店的橱窗被打碎了——有个小孩扔石头，还有两个人借酒闹事。我们的比利时朋友终于弄错了一回。”

“我必须承认，我总算放心了。”波洛说。

“让你担惊受怕了吧？”贾普充满深情地说，“上帝保佑你！我们每天都会收到好几十封这样的信！一些人闲得没事干，脑子又不太好使，就坐下来写这种玩意儿。他们没什么恶意，就是找刺激。”

“我竟然当真了，真蠢。”波洛说，“我把鼻子插进了马窝。”

“你把马和马蜂弄混了。”

“什么？”

“就是一句谚语。好了，我得告辞了。我要去下一条街办点儿事——接收被窃的珠宝。我就是顺路来告诉你一声，这样你就可以放心了。很可惜，白白浪费了脑细胞！”

说完这句，开怀大笑几声后，贾普走了。

“看样子，贾普没怎么变。”波洛说。

“看上去老了很多，”我说，“头发像獾毛一样白。”我终于出了口恶气。

波洛边咳嗽边说：

“黑斯廷斯，你知道吗，我的理发师心灵手巧，有一种东西，你把它贴在头皮上，然后把自己的头发梳在上面，不是假发，你明白，但是——”

“波洛，”我大吼道，“我只说这一次，我和你那个讨厌的理发师的可恶发明没有任何关系。我的头顶怎么了？”

“没什么，确实没什么。”

“我又不是要秃顶了。”

“当然不是！当然不是！”

“那边夏天很炎热，自然会造成轻微脱发。我得带些上好的生发油回去。”

“确实应该。”

“算了。那个贾普怎么回事？总是那么咄咄逼人，一点儿幽默感都没有。他就是那种看到有人要坐下，就会把椅子拉开、然后哈哈大笑的人。”

“很多人看到这个情景都会哈哈大笑。”

“愚蠢至极。”

“从那个坐在椅子上的人的角度来说，当然是这样。”

“好了。”我稍微压了压火气——我承认我对头发稀疏这件事过分敏感，说，“很遗憾，匿名信那件事毫无结果。”

“我在这件事上确实错了。我以为自己从那封信上闻到了犯罪的气味。结果是彻头彻尾的犯傻。哎呀，我真的老了，变得疑神疑鬼，就像一条瞎眼的看门狗，本来没什么事，却乱吼一气。”

“如果我要和你合作，就必须另找一些最‘精华’的案子。”我笑着说。

“还记得那天你说的话吗？如果能像点菜一样选择犯罪类型，你会选择哪一种？”

我对他的幽默感表示赞同。

“我想想。我们来重新看一下菜单。抢劫？伪造？不，不行。太素了。肯定是谋杀，血淋淋的谋杀，当然还要有配菜。”

“当然了。”

“受害人是谁？男人，还是女人？我想是男的。一个大人物，美国的百万富翁，首相，报社老板。犯罪地点——老图书馆有什么不好呢？从气氛上来讲，无与伦比。至于武器嘛，可以是一把奇怪的、弯曲的匕首，或是某种钝器，一尊石雕——”

波洛叹了口气。

我说：“当然也可以用毒药，不过这太专业了。或者一支左轮手枪的枪声在夜空中回响。还要有一两个漂亮姑娘……”

“赤褐色的头发。”我的朋友咕哝道。

“还是你的那个老笑话。漂亮姑娘肯定会受到不公正的怀疑，而且，她和一个小伙子之间发生了一些误会；还要有一个老女人，一个神秘、危险的角色，死者的朋友或对手；一个少言寡语的秘书，黑马人物；还有一个精神饱满，虚张声势的家伙；两个被解雇的用人或者猎场看守人什么的；一个和贾普很像的愚蠢到家的侦探！嗯，差不多就是这样。”

“这就是你所谓的精华，嗯？”

“看来你不同意我的说法。”

波洛同情地看着我。

“你出色地概括了书上写过的几乎所有侦探故事。”

“那么，你会点什么？”我问。

波洛闭上眼睛，靠在椅子上，嘴唇间咕噜咕噜地发出声音：

“一件很简单的案子。没有复杂的元素，一个关于平静的家庭生活的案子——毫无激情，非常私密。”

“犯罪怎么可能是私密的呢？”

波洛喃喃地说：“假设，四个人坐下来打桥牌，第五个人没参与，坐在壁炉旁的椅子上。这一晚结束时，人们发现坐在壁炉旁的那个人死了。四人中的一个趁着做‘明家’的工夫，走过去把他杀了；其他三个人当时正专注于各自手中的牌，没注意到他做了什么。啊，这就是私密的犯罪。那四个人当中谁会是凶手呢？”

“呃，”我说，“我没觉得有什么值得兴奋的东西！”

波洛向我投来责备的一瞥。

“没意思，因为没有奇特的、弯曲的匕首，没有敲诈勒索，没有神眼绿宝石被盗，没有难以捉摸的东方毒药。黑斯廷斯，你喜欢夸张的情节剧。你希望看到的不是一起谋杀案，而是一系列谋杀案。”

“我承认，”我说，“书中讲到的第二起谋杀案往往会令人高兴。如果第一章一开始就发生谋杀案，而直到你读到倒数第二页，却发现所有人都不在犯罪现场，呃，这样未免太冗长乏味了。”

这时，电话铃响了，波洛起身去接电话。

“你好，你好，是的，我是赫尔克里·波洛。”

他听了一两分钟后，我看见他的脸色变了。

他的话很简短，而且前后不连贯。

“对。

“是的，当然。

“是的，我们会去……

“当然了。

“也许像你说的那样……

“是的，我会带上它。那么，一会儿见。”

他放下电话，从房间另一头向我走来。

“是贾普打来的，黑斯廷斯。”

“哦？”

“他刚刚回到苏格兰场。从安德沃尔传来一个消息……”

“安德沃尔？”我兴奋地喊道。

波洛却慢条斯理地说：

“一个名叫阿谢尔的开烟草报纸铺的老太太被人杀死了。”

听他这么说，我有些泄气，被安德沃尔激起来的兴趣略微受挫。我期待的是某种奇妙的东西，非同寻常的东西！无论如何，我总觉得杀死一个开小烟杂店的老太太是肮脏无趣的。

波洛用严肃的语气继续慢慢说道：

“安德沃尔警方相信他们能抓到凶手！”

我再次感到失望。

“那个女人似乎和她的丈夫关系不好。他酗酒，品行恶劣，不止一次威胁要杀了她。”

“不过，”波洛继续说，“那里的警察想再看看我收到的那封匿名信。我告诉他们，你和我会马上去安德沃尔。”

我的精神稍稍振作起来。虽然这起案件似乎很肮脏，但毕竟是犯罪，我已经很长时间没和犯罪、罪犯扯上什么关系了！我几乎没听到波洛接下来说的是什么。不过，从此以后，它们将对我至关重要。

“这仅仅是个开始。”赫尔克里·波洛说。

第四章　阿谢尔太太

在安德沃尔接待我们的是格伦警督，他身材高大，一头金发，笑容可掬。

为了能简洁表述，我想最好先把赤裸裸的案情概述一下。

发现阿谢尔太太遇害的是多佛尔警员，时间是二十二日凌晨一点。当时他正在街上巡逻，经过这家小店时，他推了一下门，发现门没锁，就走了进去。起初他以为店里没人。但当他把手电筒的光扫向柜台时，他看见了那个老太太蜷作一团的尸体。法医来到现场做出的鉴定结果是：死者后脑遭受重击，当时她很可能正在柜台后面伸手够货架上的一包香烟。死亡时间在七个小时到九个小时前。

“不过，根据我们得出的结论，死亡时间可以更准确一些。”警督解释说，“我们找到一个人，他五点半去店里买过烟。第二个顾客进去以后，发现店里空无一人，他说当时大概是六点零五分。所以说，死亡时间应该在五点半到六点零五分之间。到目前为止，没有人在附近见过阿谢尔，当然，时间还早。九点时，他已经在‘三顶皇冠’喝得酩酊大醉。等我们抓住他，会把他当嫌疑人拘留。”

“他不是一个令人满意的嫌疑人吧，警督？”波洛问。

“他是个很讨厌的家伙！”

“他没和妻子住在一起吗？”

“没有，几年前他们就分手了。阿谢尔是个德国人。曾经做过服务员，后来沾染了酗酒的恶习，慢慢地就失业了。他妻子给人做过一阵子帮佣，她最后的雇主是一个叫罗斯小姐的老太太，她给罗斯小姐做厨娘兼女管家，赚来的很多钱都给了她丈夫，但他总是喝得醉醺醺的，还经常跑到她雇主那里大吵大闹。这也是她向罗斯小姐申请去农庄干活的原因。那个农庄离安德沃尔有三英里远，是乡下一处很僻静的地方。他要想找到她不太容易。罗斯小姐去世后，给阿谢尔太太留了一小笔遗产，她就用那笔钱开了这家店，店面很小，卖些廉价烟草和报纸什么的。收入勉强够她维持这档买卖。过去阿谢尔不时来找麻烦，每次她都会给他一点儿钱，把他打发走了事。她每个星期固定给他十五先令。”

“他们有孩子吗？”波洛问。

“没有。不过阿谢尔太太有一个外甥女，在奥弗顿附近当用人，是个很稳重的姑娘。”

“你说阿谢尔经常威胁他妻子？”

“没错。他喝醉的时候很吓人，骂骂咧咧的，发誓要敲烂她的脑壳。阿谢尔太太的日子很不好过。”

“她多大年纪？”

“快六十岁了，她是个值得尊敬的人，吃苦耐劳。”

波洛严肃地说：“警督，你认为凶手是这个阿谢尔？”

警督谨慎地咳嗽了几声。

“现在说这个为时尚早，波洛先生，我想听弗朗兹·阿谢尔本人说说他自己昨天晚上都干了什么。如果他的说法令人满意，也就罢了，如果不是——”

这个停顿意味深长。

“商店里丢什么东西了吗？”

“什么也没丢，抽屉里的钱没人动过，也没有遭到抢劫的痕迹。”

“你认为，这个阿谢尔醉醺醺地来到店里，对他妻子大打出手，把她打倒在地？”

“这种可能性最大。不过，先生，我必须承认，我想再看看你收到的那封奇怪的信。我想知道，那封信有没有可能是阿谢尔写的。”

波洛把信递给警督，后者看信时眉头紧锁。

“不像是阿谢尔写的。”最后他说，“阿谢尔怎么可能说‘我们’英国警察呢，除非他想耍花招，但我又怀疑他没有这么高的智商。他的身体全废了，手抖得厉害，不可能打出这么清晰的字。便笺纸和墨水的质量也很好。但奇怪的是，信上提到的日子恰好是二十一号，当然，这也许是个巧合。”

“是的，有可能。”

“不过，我不喜欢这种巧合，波洛先生，这也太巧了。”

他沉默了一两分钟，皱起眉头。

“ABC，这个 ABC 到底是谁？我们看看阿谢尔太太的外甥女，玛丽·德劳尔能不能帮上忙。这事真的很蹊跷。但是，至于这封信，我敢打赌，肯定和弗朗兹·阿谢尔有关。”

“你了解阿谢尔太太的过去吗？”

“她是汉普郡人，年轻的时候就去伦敦当用人了。她就是在那儿遇见了阿谢尔，然后和他结了婚。战争时期，他们的日子肯定过得很艰难。其实，一九二二年她就离开他了。他们当时在伦敦。她回到这里就是为了摆脱他，但他一听到风声，知道她在哪儿，就跟了过来，纠缠她，管她要钱……”这时，一个警员走了进来，“布里格斯，什么事？”

“长官，那个叫阿谢尔的人。我们把他带来了。”

“好。把他带进来。在哪儿找到的？”

“他藏在铁路岔道的一辆卡车里。”

“是吗？肯定是他？把他带过来吧。”

弗朗兹·阿谢尔确实是个可恶的家伙。哭哭啼啼、战战兢兢、大吵大闹，几种表现轮番登场。他那双惺忪的眼睛鬼鬼祟祟地看看这个，瞅瞅那个。

“你们想干什么？我没干什么坏事。你们为什么把我带到这儿来，实在是可耻，令人气愤！你们这群猪，好大的胆！”突然，他的态度变了，“不，不，我不是这个意思。你们不会伤害一个可怜的老头子，你们不会对他冷酷无情的。每个人都这么无情地对待可怜的老弗朗兹。可怜的老弗朗兹。”

说着说着，阿谢尔先生哭了起来。

“行了，阿谢尔。”警督说，“振作起来，我并没有指控你犯任何罪，至少暂时没有。你也不必承认你干了什么，除非你自己乐意。换句话说，如果你妻子被杀这件事和你没有关系的话——”

阿谢尔打断他的话，几乎是尖叫着。

“我没有杀她，我没有杀她！那全是谎言。你们这些天杀的英国猪，都跟我作对。我绝不会杀她，绝不会。”

“你无数次威胁过要杀死她，阿谢尔！”

“不，不，你没明白。那是个玩笑，我和爱丽丝之间开的善意的玩笑。她明白。”

“这种玩笑太滑稽了！阿谢尔，你愿意说一下昨天晚上你去哪儿了吗？”

“好的，好的，我全都告诉你们。我没去找爱丽丝。我和我的朋友们在一起，我的好朋友。我们去了七星，后来又去了红狗。”

他很着急，说起话来结结巴巴。

“迪克·威洛斯——我和他在一块儿，老科迪，还有乔治、普拉特，还有一大帮男孩。我告诉你，我绝对没有接近爱丽丝。哦，上帝，我说的是真话。”

他提高嗓门，发出尖叫，警督向他的下属点了一下头。

“把他带走。当嫌疑犯拘留起来。”

那个讨厌、哆嗦、恶毒且多嘴的阿谢尔被带走后，他说：“我不知道该怎么想，如果没有那封信，我肯定会说这是他干的。”

“他提到的都是些什么人？”

“一群坏蛋——他们会毫不犹豫地做伪证。我并不怀疑那天晚上的大部分时间他和他们在一起。关键是，五点半到六点之间有没有人在小店附近见过他。”

波洛若有所思地摇头。

“你确定店里什么东西都没丢吗？”

警督耸了耸肩。

“这要视情况而定。可能有人拿走了一两盒烟，但谁也不可能因为这个杀人。”

“商店里没有，怎么说呢，多出一些什么东西吗？没有什么奇怪的、不对劲的东西吗？”

“有一本列车时刻表。”警督说。

“列车时刻表？”

“是的，打开了，扣在柜台上。好像有人查过离开安德沃尔的火车。不是那个老太太，就是某个顾客。”

“她的店里卖这种东西吗？”

警督摇摇头。

“她卖那种一便士一张的列车时刻表。这种大本的只有在史密斯商店或者大一些的文具店才能买到。”

波洛眼前一亮，他探过身来。

警督也眼前一亮。

“你说，一本列车时刻表。全英火车时刻表，还是ABC列车时刻表？”

“天哪！”他说，“ABC。”

第五章　玛丽·德劳尔

我想，第一次提到 ABC 列车时刻表的时候，就是我刚刚对本案产生兴趣的时候。在那之前，它一直没有激发出我太大的热情。我们经常能在报纸上读到这种杀死后街老妇人的肮脏的谋杀案，并不会引起特别的关注。我把匿名信中提到的二十一日当作纯粹的巧合。我有理由相信，阿谢尔太太是被她那个酗酒的畜生丈夫杀死的。但现在提到的列车时刻表则让我激动得发抖——众所周知，列车时刻表的简称是 ABC，因为所有火车站的名字都是按字母顺序排列的，这肯定不是第二个巧合吧？

这桩肮脏的罪行呈现出一副新的面貌。

那个杀死阿谢尔太太后，留下一本 ABC 的神秘人物究竟是谁呢？

离开警察局以后，我们去太平间看老妇人的尸体。我低头凝视那张布满皱纹的老脸，看见她稀疏的白发全部梳到脑后，心里忽然升起一种异样的感觉。她的面容竟然如此安详，难以置信地和暴力不沾边。

“不知道是谁用什么东西击打了她。”警官说，“克尔医生是这么说的。我很高兴是这样。可怜的老太太。她是位正派的女士。”

“她年轻时一定是个美人。”波洛说。

“是吗？”我嘟囔着，表示不太相信。

“是的。你看看她下颌的线条，骨骼，还有头部的轮廓。”

他把单子重新盖上，叹了口气，我们随后离开了停尸房。

接下来，我们要和法医做一次简短的面谈。

克尔医生是个中年人，看起来精明能干，说话语速很快，而且语气斩钉截铁。

“凶器没有找到，”他说，“无法断定究竟是什么。有一定重量的棍棒或者沙袋都适用于本案。”

“这样打下去需要很大力气才行吗？”

医生锐利的目光瞥了波洛一眼。

“我猜，你的意思是，一个颤颤巍巍的七十岁老人能否做到？哦，是的，完全有可能——只要在凶器前端施加足够的重量，即便是身体虚弱的人也能得到满意的结果。”

“这么说，凶手有可能是个男人，也可能是个女人？”

这种假设多少让医生吃了一惊。

“女人？坦白地讲，我从来没把这种案件和女人联系在一起。当然，有这种可能，完全有可能。只是，从心理学的角度来讲，女人通常不会犯这种罪。”

波洛立刻点头表示赞同。

“很好。很好。从表面上看，可能性极低，但我们必须考虑到所有可能性。尸体当时是怎么躺着的？”

医生向我们详细描述了被害人当时的姿势。他认为受害人遭到袭击时正背对柜台站着，也就是说，背对攻击者。她在柜台后面滑倒，所以，每个偶然走进店里来的人都看不到她。

我们向克尔医生道谢。准备告辞时，波洛说：

“黑斯廷斯，你看，这点也能证明阿谢尔无罪。如果他殴打、威胁自己的妻子，她应该站在柜台后，面对他。而事实上，她背对着袭击者，显然，她当时正弯腰给顾客拿烟草或香烟。”

我禁不住打了一个寒战。

“真可怕。”

波洛严肃地摇摇头。

“可怜的女人。”他喃喃地说。

他看了一眼手表。

“我想，奥弗顿离这儿不太远。我们要不要赶过去和死者的外甥女谈一谈？”

“你不想先去案发的商店看一眼吗？”

“以后再去吧，我自有道理。”

他没有进一步解释。几分钟后，我们开车从伦敦前往奥弗顿。

从警督给我们的地址来看，那是一幢大房子，距离村子大约一英里，在靠近伦敦的一边。

我们按响门铃，开门的是个漂亮的黑发姑娘，她眼圈红红的，显然刚哭过。

波洛和气地说："啊！我想你就是玛丽·德劳尔小姐，这里的客厅女仆吧？"

"是的，先生，就是我。我就是玛丽，先生。"

"如果你的女主人不反对的话，我想和你谈几分钟，关于你的姨妈，阿谢尔太太。"

"主人不在家，先生。既然你们已经来了，她肯定不会介意的。"

她推开一间小晨室的门。我们进了屋，波洛在窗边的一把椅子上坐下来，抬起头，敏锐的目光投向这个姑娘的脸。

"想必你已经听说你姨妈遇害的事了。"

姑娘点了一下头，泪水再次盈满她的眼眶。

"今天早晨听说的，先生。警察来过了。哦！太可怕了。可怜的姨妈！她这辈子好苦啊。现在又——太可怕了。"

"警察没建议你回安德沃尔吗？"

"他们说我必须回去接受调查，星期一，先生。但我在那边无处可去，我不想住在商店楼上，而且现在这里的用人不在，我不想让女主人太为难。”

“你很喜欢你的姨妈吧，玛丽？”波洛温柔地问。

“我确实很喜欢她。她总是对我那么好。母亲去世后，我就去伦敦投奔她了，那年我十一岁。我从十六岁开始做女佣，只要放假，我都会去姨妈家。那个德国人给她带来那么多麻烦，她过去叫他‘我的老魔鬼’。他一刻也不让她安宁，无论在什么地方。这个靠骗钱、乞讨为生的老畜生。”

姑娘言辞激烈。

“你姨妈从来没考虑通过法律手段摆脱这种困扰吗？”

“你知道，他是她丈夫，先生，这是无法摆脱的事实。”

姑娘的话虽然简单，但语气很果断。

“告诉我，玛丽，他威胁过她，是不是？”

“哦，是的，先生。他说的那些话很可怕。说要割断她的喉咙什么的。骂她，诅咒她，有时候用德语，有时候用英语。尽管这样，姨妈却说，她嫁给他的时候，他是个英俊的好男人。先生，想起来就觉得可怕，人怎么会变成这样呢？”

“哦，确实如此。我猜，玛丽，既然你听他说过这些威胁的话，那么，当你得知这件事的时候，应该不会太惊讶吧？”

“哦，先生，我很吃惊。你知道，先生，我以为他只是随便说说的，没想到他真的会这么做。我以为他只是说恶毒的话，没有别的意思。姨妈好像并不怕他。哎呀，我见过姨妈对他发脾气，他像狗一样夹着尾巴溜走了。可以这么说，他其实挺怕姨妈的。”

“即使这样，她还给他钱？”

“可他是她丈夫呀，先生。”

“是的，你刚才说过了。”他沉默了一两分钟后说，“假设他没有杀她。”

“没杀她？”

她瞪着眼睛。

“我就是这么说的。假设是别人杀了她……你认为那个人会是谁？”

她更加惊讶地盯着他。

“我不知道，先生，不可能吧？”

“你姨妈没怕过什么人吗？”

玛丽摇了摇头。

“姨妈谁也不怕，她伶牙俐齿，无所畏惧。”

“你从来没听她说过谁和她有仇吗？”

“没有，真的，先生。”

“她收到过匿名信吗？”

“你指什么样的信，先生？”

“没有落款的信，或者只是签了一个 ABC 什么的。”他仔细观察她，显然，她茫然不知，疑惑地摇了摇头。

“除了你之外，你姨妈还有别的亲戚吗？”

“现在没有了，先生。她本来有十个兄弟姐妹，但只有三个长大成人。汤姆舅舅战死了，哈里舅舅去南美后就杳无音信。妈妈也去世了，现在就剩下我了。”

“你姨妈有积蓄吗？存款？”

“先生，她在储蓄银行存了一点儿钱——给她办后事足够了，她过去常常这么说。除此之外，她只能勉强维持生计，还要养活那个老魔鬼。”

波洛若有所思地点点头。他对玛丽说——其实更像是自言自语：

“目前为止，我们一无所知，也找不到方向，如果案情再清晰一些……”他起身说，“玛丽，如果还需要你的帮助，我会写信给你。”

“说实话，先生，我已经准备辞职了。我不喜欢住在乡下。我留在这儿是因为离姨妈近，方便照应。可是，现在——”她的眼中再次闪烁泪花，“我没有什么理由留在这里了，我要回伦敦去。对一个女孩来说，那个地方更快乐。”

“我希望，如果你真要离开的话，把你的住址留给我。这是我的名片。”

他把名片递给她。她皱着眉头，满脸困惑地看着那张名片。

“这么说，你——和警察局没有什么关系，先生？”

“我是一名私家侦探。”

她默默地站在原地，看了他一会儿。

她终于开口说：

“发生什么离奇的事了吗，先生？”

“是的，我的孩子，离奇的事正在发生。或许以后你能帮上我的忙。”

“我愿意为你做任何事，先生。姨妈被人杀死了，这太不公平了，先生。”

这个说法虽然很奇怪，却感人肺腑。

过了一会儿，我们开车返回安德沃尔。

第六章　犯罪现场

惨案发生地位于主街转过去的那条街。阿谢尔太太的小店就在那条街中段的右侧。

我们走进这条街时，波洛看了一下表，我这才明白，他为什么要把来犯罪现场的时间推迟到现在。此刻正好是五点半。他是希望尽量还原昨天的气氛。

然而，这个目的并没有达到。很显然，此时此刻，这条街上的场景与昨晚大相径庭。几家小店散布在穷人住宅中间。据我判断，这里通常会有很多人走来走去，大部分人来自贫穷阶层，还有几个孩子在人行道和马路上玩耍。

此时，这里聚集了一大群人，正站在那里盯着其中一幢房子或一间商店看。不难猜到他们看的是哪一间。一大群普通人正在我们眼前饶有兴趣地望着那个凶案地点。

我们走近时发现，事实正如看起来的一样。那家看起来脏兮兮的小店已经关上了百叶窗，商店的门口站着一个年轻警察，显然，他心情很烦躁，正麻木地命令行人“绕行”，还有一个同事协助他清场。很多人不情愿地叹着气，该干什么干什么去了，但他们前脚刚走，马上就会有人过来补空，继续盯着凶案发生地。

波洛在和人群还有一点儿距离的地方站住脚。从我们所站的位置望过去，门上方的招牌清晰可见。波洛低声重复着上面的字：

“A. 阿谢尔。是，可能就是这里——”

他突然不说话了。停了一会儿，他又说：

“走，我们进去吧，黑斯廷斯。”

我早已迫不及待。

我们穿过人群，走上前和那个年轻警察打招呼。波洛出示了警督给他的证件。警察点了一下头，打开门，让我们进到店里。我们照办了，走进那个让旁观者非常感兴趣的小店。

由于关上了百叶窗，屋子里面很黑。警察找到开关，打开电灯。灯泡的瓦数比较低，光线依旧很昏暗。

我环顾四周。

这个小地方很脏。胡乱摆放着几本廉价杂志，还有昨天的报纸——上面落了一天的灰尘。柜台后面有一排和天花板平齐的货架，上面摆满了一包包烟草和一盒盒香烟，此外还有两罐薄荷硬糖和麦芽糖。一个普通得不能再普通的小店，在安德沃尔，这样的商店有几千家。

警察用他的汉普郡口音慢条斯理地交代周围的环境。

“看到柜台后面那一堆东西了吗，她当时就躺在那里。

医生说，不知道凶手用什么东西击打了她。当时她肯定是在够货架上的东西。”

“她手里没拿什么东西吗？”

“没有，先生，但她身边有一包运动员牌香烟。”

波洛点了点头。他的目光在这个小地方扫了一圈，观察并记录着。

“那本列车时刻表在……哪儿？”

“在这里，先生。”警察指着柜台，“书是打开的，正好翻到安德沃尔那页，面朝下放着。看来有人查过去伦敦的火车。如果真是这样，凶手不可能是安德沃尔人。不过，当然，这本列车时刻表也有可能是别人落在这里的，但那个人和这起谋杀案没有任何关系。”

“有指纹吗？”我探问。

那人摇了摇头。

“我们马上把整个商店检查了一遍，没有找到任何指纹。”

“柜台上也没有吗？”波洛问。

“那儿的指纹太多了，先生。所有的指纹都混在一起，乱七八糟的。”

“有阿谢尔的指纹吗？”

“现在说为时过早，先生。”

波洛点了一下头，然后问死者的家是否就在楼上。

“是的，先生，穿过后面那扇门。请原谅，我不能陪你一起去，我得留在这里……”

波洛穿过他说的那扇门，我跟在他身后。商店后部的空间极为狭小，兼具客厅和厨房的功能，虽然整齐洁净，却给人一种阴沉感。里面摆放了少量家具，壁炉台上摆着几张照片。我走过去看那些照片，波洛也跟了过来。

照片一共有三张。第一张照片是那天下午我们见过的姑娘——玛丽·德劳尔的廉价大头像。显然，她穿着自己最好的衣服，脸上挂着不自然的、呆板的笑容，这种笑在摆拍时往往会让表情变形，但很适合快照。

第二张照片贵一些，经过艺术加工后，人的模样变得很朦胧，照片中是一个白发苍苍的老妇人，竖着高高的毛领子。

我猜，这大概就是那个给阿谢尔太太留了一小笔遗产，让她开了这家小店的罗斯小姐。

第三张照片很旧，已经褪色泛黄。照片中有一对年轻男女，身穿旧式衣服，手挽手站在一起。男人的衣服上有个纽扣眼，整个人的姿态流露出往日的欢乐。

“可能是张结婚照。”波洛说，“你看，黑斯廷斯，我是不是告诉过你她曾经是个美人？”

他说得对。尽管老式的发型和奇异的服装会将人变丑，但仍然无法掩盖照片中这个女孩的清秀端庄，她的面部轮廓清晰，仪态活泼大方。我凑近了看照片里的另一个人，几乎没认出他来，这个英俊潇洒、一派军人气度的青年竟然是如今衣衫褴褛的阿谢尔。

我回想起那个目光阴险的老酒鬼，还有死去的老妇人那张憔悴的脸，想到时间是如此无情，我不禁打了个寒战……

客厅楼梯通向楼上的两个房间。其中一个房间是空的，没有任何家具；另一间显然就是老妇人的卧室，呈现出警方搜查后的狼藉。床上放着两条破旧的毯子；抽屉里有一小沓缝缝补补过的内衣；另一个抽屉里放着菜谱和一本平装小说，书名是《绿洲》；还有一双新袜子，闪着廉价的光、显得愈发可怜；几件陶瓷装饰品—— 一个裂了很多条缝的德累斯顿牧羊人，一条蓝色和黄色相间的斑点狗；一件黑色雨衣和一件像是羊毛质地的套头毛衣挂在挂钩上——这就是已故的爱丽丝·阿谢尔的全部家当。

即便有私人信件，肯定也被警察拿走了。

“可怜的女人。”波洛小声说，“走吧，黑斯廷斯，我们在这里找不到什么。”

我们再次来到街上，他迟疑了一会儿，然后穿过马路。几乎是在阿谢尔太太的小店正对面，有个蔬菜水果店，摆在店外的货物简直比店内的还多。

波洛小声给了我一些指示，然后走进店里。等了一两分钟后，我也跟了进去。他正在为一棵莴苣讨价还价，我则买了一磅草莓。

波洛和那个为他服务的胖墩墩的太太聊得热火朝天。

“谋杀案就发生在你们商店正对面，是不是？这是什么事啊！你一定很震惊吧。”

这个矮胖的太太显然厌倦了谈论谋杀案。肯定整天都有人问她同样的问题。她回答道：

“如果能驱散那些目瞪口呆看热闹的人就好了。真不明白有什么好看的！”

“昨天晚上的情况肯定很不一样，”波洛说，“你有没有看见凶手走进去——是不是一个蓄着胡须、个子很高的金发男子？我听说是个俄国人。”

“什么？”那个太太猛地抬起头，“你说是俄国人干的？”

“我听说警方已经把他逮捕了。”

“你知道吗？”爱说话的妇人很激动，“是一个外国人。”

“是的。也许你昨晚见过那个人？”

“呃，其实，我没空留意这种事。晚上这段时间通常是店里最忙的时候，很多人下班回家会路过这里。高个子、金头发、留胡子的男人——没有，我没在附近见过你描述的这种人。”

我插了一句建议。

“对不起，先生，”我对波洛说，“我想你是听了误传。有人告诉我，凶手是一个皮肤黑黑的小个子。”

大家就这个感兴趣的话题展开了讨论，胖墩墩的太太，她那个身材瘦削的丈夫，还有一个嗓音沙哑的店员都参与进来了。他们看见了不止四个皮肤很黑的小个子，那个嗓音沙哑的男孩还见过一个高个子金发男人。“只是他没留胡子。”他遗憾地补充道。

我们终于买完东西离开了这家商店，走之前也没有纠正自己说过的假话。

“这么做的意义是什么，波洛？”我问，语气里带着一丝责备。

“哎呀，我是想估算一下，陌生人走进对面那家商店时被注意到的概率有多大。”

“你就不能直截了当地问他们吗，为什么非要说一堆假话呢？”

“不，我的朋友。如果我像你说的那样，直截了当地问他们，我的问题就得不到任何答案了。你就是英国人，但你好像也不喜欢英国人遇到直接提问时的反应。他们通常会表示怀疑，结果自然就是沉默不语。如果我向那些人打听情况，他们会像牡蛎一样把嘴巴闭得紧紧的。但是，如果我提出自己的观点——有些反常出格的观点——再加上你的反驳，他们就立刻松口了。我们还知道，那个时间段‘是店里最忙的时候’，也就是说，每个人都在专心干自己手里的活儿，而相当多的人会在人行道上走来走去。凶手选择的时间很巧妙，黑斯廷斯。”

他停了一下，然后用斥责的口气补充道：

“你难道一点儿常识都没有吗，黑斯廷斯？我让你随便买些东西，你却故意选择了草莓！纸袋里渗出来的草莓汁会毁了你漂亮的外套。”

令我气馁的是，我发现事实的确如此。

我慌忙把草莓递给一个小男孩，他一脸惊诧，而且有些疑惑。

波洛把莴苣也给了他，那个孩子的疑惑达到了顶点。

他继续教育我。

“去廉价的蔬菜水果店，绝对不能买草莓。草莓——除非是新摘的，否则肯定会流汁。你可以买一串香蕉，几只苹果，哪怕是卷心菜也行，但是草莓……”

“我一下子就想到了草莓。”我给自己找了个借口。

“你的想象力不值一提。”波洛严厉地回应我。

他在人行道上停住。

阿谢尔太太家右边的房子和商店是空的。窗口有“招租”的牌子。另一边那幢房子的平纹细布窗帘看上去脏兮兮的。

波洛向那幢房子走去。由于没有门铃，他只能叩门环，门环发出一连串刺耳的响声。

过了好一会儿，门才打开，开门的是个流着鼻涕的脏小孩。

“晚上好，”波洛说，“你妈妈在家吗？”

“啊？”小孩说。

他盯着我们，似乎很不喜欢我们，而且带着深深的怀疑。

“你妈妈在吗？”波洛又问。

过了十二秒，小孩终于听明白了，他转过身，冲着楼梯大喊：“妈妈，有人找你。”然后就撤回昏暗屋内的某个堡垒中去了。

一个面相刻薄的女人扶着栏杆探出头来看了一眼，然后往楼下走。

“还是不要浪费你们的时间了——”她刚开口就被波洛打断了。

他摘下帽子，深深地对她鞠了一躬。

“晚上好，夫人。我是《晚间闪耀》报的工作人员，我想说服你接受五英镑，让我们写一篇关于你已故的邻居阿谢尔太太的文章。”

愤怒的话停在嘴边，她从楼上走下来，将头发捋顺，拽了一下裙角。

“进来吧，请走——左边。请坐，先生。”

这间小屋被一套仿詹姆士一世时期风格的家具占得满满的，我们想办法挤了进去，坐在一张硬沙发上。

“请原谅，”妇人说，“不好意思，我刚才的话太刺耳了，你们肯定不相信我有多烦——总有人上门来推销这个、推销那个——真空吸尘器、长筒袜、薰衣草袋之类的破玩意儿。所有人都能说会道，彬彬有礼。他们还打听到了你的名字。福勒太太这，福勒太太那的。”

波洛机敏地记住了这个名字，说：

“福勒太太，我希望你能按照我的要求去做。”

“我不知道，当然。”五英镑在福勒太太眼前诱人地晃动。

“当然，我认识阿谢尔太太，但至于说写点儿什么……”

波洛急忙让她放心，说不需要她写什么。他会从她这里了解一些真实的情况，然后把这次谈话的内容写成一篇文章。

受到这样的鼓舞，福勒太太心甘情愿地沉浸在回忆、推测和传闻之中。

阿谢尔太太从不与人来往。不是人们常说的那种“友好”的人，但她也确实有一大堆麻烦事，可怜的人，这一点每个人都知道。按理说，警察很多年前就应该把弗朗兹·阿谢尔关起来。不是阿谢尔太太怕他——如果真把她惹毛了，她也是个很凶悍的人！她可以把每天赚来的钱都给他，但那个无赖找她要钱的次数太多了。福勒太太跟她说过很多次：“总有一天，那个家伙会毁了你。记住我的话。”他确实这么做了，不是吗？而她，福勒太太，就住在隔壁，却一点儿动静也没听到。

波洛趁她停顿的间隙插了一个问题。

“阿谢尔太太有没有收到什么奇怪的信——没有通常

的落款，只是签了 ABC 之类的名字？”

很遗憾，福勒太太的回答是否定的。

“我知道你指的是人们所说的匿名信，信里通常充满了羞于大声说出口的词语。我不知道弗朗兹·阿谢尔是不是喜欢写那种东西。就算他写了，阿谢尔太太也没跟我透露过。什么？列车时刻表，ABC？我从来没见过，但如果有人送了一本这样的书给阿谢尔太太，我肯定会听说的。我声明，听说这一切时，我惊讶万分。是我女儿伊迪告诉我的。‘妈妈，’她说，‘隔壁来了好多警察。’确实令我大吃一惊。当我听说此事时，我说：‘这说明，她就不该一个人在家——她外甥女应该和她在一起。醉酒的男人就像一只饿狼。’我说，‘我认为，她那个老魔鬼一般的丈夫就是一头不折不扣的野兽。我警告过她很多次，’我说，‘现在他说的这些话总有一天会变成事实。他会毁了你。’他真的毁了她。你无法正确地判断一个醉酒的人会做什么，这起谋杀案就证实了这一点。”

说完，她深吸了一口气。

“我想，没有人看见阿谢尔进过商店？”波洛说。

福勒太太对这话嗤之以鼻。

“他当然不会让人看见他。”她说。

至于阿谢尔先生如何能走进商店而又不被人发现，她不屑于解释。

她承认，那幢房子没有后门，而且，住在这条街上的人都知道阿谢尔长什么模样。

“他不想因为这个被绞死，所以隐藏得很好。”

波洛又和她聊了一会儿，当他意识到福勒太太已经把她知道的一切说了不止一遍而是很多遍时，波洛中断了采访，并支付了许诺的金额。

“这五英镑算是给值了，波洛。”当我们再次走上大街时，我壮起胆子评论道。

“到目前为止是这样。”

“你觉得她隐瞒了什么吗？”

“我的朋友，我们的身份很特别，不知道该问什么问题。我们就像在黑暗中玩捉迷藏的小孩，伸出手四处摸索。福勒太太已经把她认为自己知道的一切全告诉我们了——而且额外奉送了几个推测！将来她的证词可能会派上用场。我投资那五英镑是为了将来考虑。”

我没弄懂其中的意义，但就在这时，我们遇到了格伦警督。

第七章　帕特里奇先生和里德尔先生

格伦警督垂头丧气。我猜，他整个下午都忙着把进出过烟杂店的人名列成一张完整的清单。

“有人见过什么人进去吗？”波洛问。

“哦，是的。三个鬼鬼祟祟的高个子男人，四个留小黑胡子的矮个子男人——两个留着络腮胡，还有三个胖子，都是陌生人。如果我相信证人的话，每个人都是一脸凶相！让我纳闷的是，怎么就没有人在附近见过一群手持左轮手枪的蒙面人呢！”

波洛露出同情的微笑。

“有人声称见过那个阿谢尔吗？”

“没有，没有人见过他。这一点也对他有利。我刚告诉警察局局长，这件案子应该归苏格兰场管，不属于地方管辖。”

波洛严肃地说：

“我同意你的观点。”

警督说：

“你知道，波洛先生，这种事很讨厌，很讨厌，我不喜欢……”

回伦敦前，我们又找两个人谈了话。

第一位是詹姆斯·帕特里奇先生。据说，最后一个见到阿谢尔太太活着的人就是他。他五点半去她的店里买过东西。

帕特里奇先生是个小个子，职业是银行职员。他戴着一副夹鼻眼镜，看上去干干瘦瘦的，但说起话来措辞精准。他住的那幢小房子和他本人一样干净整洁。

“呃，波洛——先生，”他说着扫了一眼我的朋友递给他的名片，“是格伦警督介绍你来的？我能为你做些什么，波洛先生？”

“我听说，帕特里奇先生，你是最后一个在阿谢尔太太还活着时见到她的人。”

帕特里奇先生并拢十指指尖，他看波洛的眼神仿佛他是一张可疑的支票。

“这是个很有争议的观点，波洛先生。”他说，“在我之后可能还有很多人去阿谢尔太太那里买过东西。”

“是吗？但他们没这么说。”

帕特里奇先生咳嗽了一声。

“有的人，波洛先生，没有公共责任感。”

他透过镜片严肃地看着我们。

“你所言极是，”波洛喃喃地说，“我听说，你是主动去警察局的？”

“当然。我刚一听说发生了这么令人震惊的事，就觉得我的陈述会对调查有帮助，所以我就主动去找警察说明情况了。”

“精神可嘉。”波洛语气郑重地说，“如果你愿意的话，请把你知道的情况再跟我说一遍。”

“当然可以。我到家时正好是五点半。”

“抱歉，你为什么能把时间记得这么准？”

自己的话被打断，让帕特里奇先生有些不高兴。

“听到教堂的钟声，我就看了一下表，发现我的表慢了一分钟。当时我正好要进阿谢尔太太的商店。”

“你经常去她那里买东西吗？”

“相当频繁。那家店就在我回家的路上。我大约一个星期会去那儿一两次，买两盎司淡味的约翰科顿牌烟丝。”

“你认识阿谢尔太太吗？了解她的境遇或者过去吗？”

“我对她的情况一无所知。除了买东西，偶尔对天气状况发表两句评论，我从来没和她说过话。”

“你知道她有一个酗酒并且经常威胁要杀死她的丈夫吗？”

“不知道，我对她的事完全不了解。”

“看来，她对你来说只是面熟。她昨天晚上有什么反常的举动吗？是否流露出不安或者恼怒？”

帕特里奇想了想。

“据我观察，她和平时一模一样。”他说。

波洛站起身。

“帕特里奇先生，谢谢你回答我的问题。你家里有ABC列车时刻表吗？我想查一下回伦敦的火车。”

“就在你身后的架子上。”帕特里奇先生说。

书架上放了一本ABC列车时刻表、一本全英列车时刻表、《证券交易所年鉴》《凯利名录》《名人录》，还有一本当地的电话簿。

波洛从架子上取下那本ABC列车时刻表，假装查看火车时刻。向帕特里奇先生道谢后，我们离开了他家。

接下来我们要见的是艾伯特·里德尔先生。此人与帕特里奇先生的性格截然不同。艾伯特·里德尔先生是个铁路工人。他妻子显然非常紧张，我们在狗叫声、她弄出的杯盘相撞的声音以及里德尔先生本人毫不掩饰的敌意中进行了这次谈话。

他是个笨拙的巨人，长了一张宽阔的大脸和一双疑神疑鬼的小眼睛。他正在就着很浓的红茶吃肉饼，眼睛在茶杯边缘上方愤怒地盯着我们。

“该说的我都说了，不是吗？”他咆哮道，“这跟我有什么关系？我已经把知道的全告诉那些该死的警察了。现在还要让我从头至尾给两个该死的外国人重复一遍。”

波洛被他逗乐了，迅速朝我这边瞥了一眼，然后说：

“说实话，我对你深表同情。但换了你会怎么做呢？

这是一起谋杀案，不是吗？我们必须非常、非常谨慎。”

“最好把这位先生想知道的都告诉他，伯特[1]。”他妻子紧张地说。

“闭上你讨厌的嘴。”巨人怒吼道。

“我想，你并没有主动去警察局。”波洛利落地把这句话插了进去。

“见鬼，我为什么要主动？不关我的事。”

“这一点见仁见智，”波洛冷冰冰地说，“发生了一起谋杀案，警方想知道什么人去过那家商店。我认为，怎么说呢，如果你把你所知道的情况主动告诉他们，会显得自然一些。”

“我还有活儿要干呢。别说我不该在自己的时间自告奋勇——”

“但结果是，警察得知有人看见你光顾过阿谢尔太太的商店，他们就来找你了。他们对你描述的情况满意吗？”

“他们为什么应该不满意？”伯特粗暴地反问。

波洛只是耸了耸肩。

“你什么意思，先生？难道有人有什么不利于我的证据吗？所有人都知道是谁杀死了那个老女人，就是她那个浑蛋丈夫。”

“可是，那天晚上他没在街上出现，而你出现了。”

①伯特是艾伯特的昵称。

“你是想把罪名强加到我头上吗？哼，你不会得逞的。我有什么理由要那么做？你以为我想偷一罐她那该死的烟丝？你以为我是人们说的那种杀人狂？你以为我是……”

伯特恶狠狠地从椅子上站起来。他的妻子用颤抖的声音可怜巴巴地说：“伯特，伯特，别说这样的话。伯特，他们会认为……”

“请你冷静一点儿，先生。”波洛说，“我只是想听你讲一下你去那个商店时的情况。在我看来，你拒绝回答我的问题，怎么说呢，是不是有些奇怪？”

“谁说我拒绝回答问题了？”里德尔先生一屁股坐回椅子里，“我不介意。”

“你是六点钟进的商店？”

“对，实际上是六点过一两分。我想买一包‘金雪花’牌香烟。我推开门——”

“当时商店的门关了？”

“对。我以为商店关门了，其实没关。我走了进去，里面一个人都没有。我拍了几下柜台，稍微等了一会儿。见没有人来，我就又出去了。就是这些，你好好琢磨琢磨吧。”

“你没看见倒在柜台后面的尸体吗？”

“没看见，我才不会去留意更多的事——除非是去找她。”

“那里是不是有一本列车时刻表？”

“有，扣着放在那儿。当时我的脑子里闪过一个念头，那个老太太可能有急事要赶火车，忘了把店门锁上了。”

“你有没有拿起过那本列车时刻表，或者推着它在柜台上滑动过？”

“我没碰过那个该死的东西。我怎么做的就怎么说。”

“你进商店之前有没有看见什么人从里面走出来？”

“没看见。我想说的是，为什么要怪在我头上？”

波洛站起身。

“没有人责怪你——暂时还没有。晚安，先生。”

这句话搞得那个人目瞪口呆，我连忙跟上波洛。

他在街上看了一下表。

“我的朋友，如果我们抓紧时间，也许还能赶上七点二十分那趟火车。我们快走吧。”

第八章　第二封信

“说来听听。”我急切地说。

我们坐在只有我们两个人的头等车厢里，这是一列快车，刚刚开出安德沃尔火车站。

“作案的男子，”波洛说，“中等身材，红头发，左边的眼睛稍微有些斜视。右腿有点儿瘸，肩胛骨下面一点的地方长了一颗痣。”

“波洛？”我大叫道。

我上了他的当，看到我的朋友挤了一下眼睛，我才醒悟过来。

“波洛！”我又叫了一声他的名字，这次是用责备的口气。

“我的朋友，如果是你会怎么说？你用狗一样忠诚的眼神凝视着我，要求我像歇洛克·福尔摩斯那样宣布结果！至于真相——我不知道凶手长什么模样，也不知道他家住何方，更不知道怎样才能抓到他。”

“要是他留下线索就好了。”我低声说。

“是啊，线索——线索总是很吸引人。哎呀，可惜的是，他没有抽烟，也没把烟灰留在地板上，然后用带有奇怪图案的鞋钉踩在上面。他不太乐于助人。但至少，我的朋友，你有列车时刻表。那本 ABC 列车时刻表就是本案的线索！”

“你觉得他是因为疏忽才把书留下来的吗？”

“当然不是，他是故意这么做的。那些指纹告诉了我们。”

“但那上面没有指纹。”

“这正是我要说的。昨天是什么日子？一个温暖的六月天。这样的夜晚会有人戴着手套四处溜达吗？这样的人肯定很惹人注目。所以，既然 ABC 上没有留下指纹，这就说明肯定是有人把它小心翼翼地擦掉了。清白的人会留下指纹，有罪的人则不会。所以说，凶手把 ABC 留在那儿有特殊目的，但无论如何，这仍旧是一条线索。有人买了那本 ABC，又有人把它带到那里去，这其中包含着一种可能性。”

“你认为我们能从中了解到什么？”

“坦白地说，黑斯廷斯，我没抱太大希望。这个人，这个未知的 X，显然对自己的能力感到自豪，不太可能沿途做标记让人立刻追踪下去。”

“这么说，那本 ABC 列车时刻表对破案一点儿帮助都没有。”

“不是你指的那种意义上的。”

“难道是在任何意义上？”

波洛没有立刻回答，过了一会儿，他慢吞吞地说：

“我的回答是肯定的。我们面对的是一个未知的人。他在暗处，而且努力要留在暗处。但事情的本质是，他又忍不住把光投在自己身上。从某种意义上来讲，我们对他一无所知；而从另外一种意义上来说，我们又知道了很多。他的样子在我眼前隐约成形——这个人会用打字机，而且很熟练，他买优质的纸张，渴望展示自己的个性。我感觉，童年时的他可能被人忽视，不被理睬，他是怀着自卑感长大的——与一种不公平感做斗争……我看到他内心有强烈的欲望要维护自己，想让大家把注意力集中在他身上。而且，这种冲动变得越来越强烈，却被许多事件和环境压制着，可能让他心中堆积了更多的羞辱。在他的内心深处，火柴势必要点燃导火线……”

“这纯属猜测。”我表示反对，“不会带来任何实际意义上的帮助。”

“你更喜欢火柴头、烟灰、带鞋钉的靴子！向来如此。但至少我们可以问自己一些实际的问题。为什么是 ABC？为什么是阿谢尔太太？为什么是安德沃尔？”

“那个女人的生活好像很简单，”我思索着说，“和那两个男人的谈话真令人失望。他们没说出什么我们不知道的东西。”

“说实话，我对那条线没有太多期待。但我们不能忽视两个可能的凶手人选。”

“你不会认为……”

“至少凶手可能就住在安德沃尔，或者安德沃尔附近。我们的问题是：为什么是安德沃尔。答案可能就在这里。这两个人在那天的特定时刻去过那家商店。他们当中的任何一个都有可能是凶手。暂时还没有任何迹象表明哪一个人不是凶手。”

“那个身材笨重的野蛮家伙，里德尔，可能是他。”我断言。

“哦，我倒倾向于立刻宣布里德尔无罪。他紧张、狂躁，明显心神不安……”

“这正好说明——”

“他和那个写 ABC 信的人性格完全相反。自负和自信才是我们要寻找的特征。”

“一个四处炫耀自己的人？”

“有可能。不过，有的人虽然看上去紧张不安，不爱出风头，内心却隐藏着极度的虚荣和自满。”

“你不会认为那个小个子的帕特里奇先生——”

“他更像是那种人。我只能这么说。他和写信者的行为方式如出一辙——立刻去警察局，把自己推到前面，并享受这个位置。”

“你真的认为——”

“不，黑斯廷斯。就我个人而言，我相信凶手来自安德沃尔以外的地方，但我们不能忽视任何调查渠道。尽管我一直在说‘他’，但也不排除有女人作案的可能性。”

“当然不会是女人干的。”

“袭击的方式很男性化，这我同意。但匿名信更有可能是女人所为，而不是男人。我们必须牢记这一点。”

我沉默了几分钟，然后说：

“我们下一步该怎么办？”

“我的黑斯廷斯，你真是精力充沛。”波洛微笑着对我说。

“没有，我们要做什么呢？”

“什么也不做。”

“什么也不做？”我的失望之情溢于言表。

“我是魔术师吗？还是巫师？你想让我做什么？”

我让这个问题在脑子里转了几圈，发现很难给出回答。尽管如此，我依然深信应该做些什么，不能无所事事。

我说：

“那本 ABC，还有便笺纸和信封——”

“自然，一切都在沿着那个方向发展，警方做这种调查的手段一应俱全。如果在那些方面有任何线索的话，不用担心，他们肯定会有所发现的。”

听完他这一番话，我只好罢休。

之后的几天，我发现波洛的表现很奇怪，他不愿意讨论这个案子。当我试图重启这个话题时，他总是很不耐烦地挥一下手，表示不屑一顾。

我恐怕已经看穿了他的动机。在阿谢尔太太这个案子上，波洛遭到挫败。ABC 向他发起挑战——结果 ABC 获胜了。我的朋友习惯了一连串的成功，对失败很敏感，以至于连大家讨论这个话题都无法忍受，这大概就是大人物身上的小气之处。即使是我们当中最冷静的人也容易被成功冲昏头脑。至于波洛，这种冲昏头脑的感觉已经持续很多年了。最终产生的效果变得显而易见，也不足为奇。

既然明白了这一点，出于对朋友弱点的尊重，我也就不再提这个案子了。我读了报纸上关于本案的调查报道，报道的篇幅很短，没提到那封 ABC 匿名信，还断定这起谋杀案是由某一个或某几个未知的人所为。因为缺乏能够流行的或惊人的特点，本案并未引起媒体的太大关注。小巷老妇人遇害案很快就被更令人毛骨悚然的话题取代了。

说实在的，这件事本来已经在我脑海中渐渐淡去了。我想，一定程度上是因为我不愿意把波洛和失败联系在一起。然而，七月二十五号那天，它又复活了。

我去约克郡度了一个周末，有两天没见到波洛。星期一下午，我返回伦敦，这封信六点钟被邮局送到。我记得波洛拆开信封时猛地倒吸了一口气。

“来了。”他说。

我不解地盯着他。

“什么来了？”

“ABC 案的第二章。”

我困惑地看了他一会儿，早就把那件事忘得干干净净。

“你来读读吧。”波洛说着，把那封信递给我。

和上次一样，这封信也写在优质纸张上。

亲爱的波洛先生，

哦，感觉如何呀？我想，这是我的第一个游戏。安德沃尔事件进行得很顺利，不是吗？

不过，游戏才刚刚开始。我提醒你注意一下滨海贝克斯希尔。日期是这个月的二十五号。

我们玩得多开心啊！

你忠诚的

ABC

“我的上帝啊，波洛，”我喊道，“这是不是意味着那个恶魔又要杀人了？”

“当然，黑斯廷斯。难道你还期待别的什么吗？你以为安德沃尔案是一起孤立的案件吗？你难道忘了我说过‘这仅仅是个开始’吗？”

“但这也太可怕了！”

“是的，是很可怕。”

“我们面对的是一个杀人狂。”

“是的。”

他的平静比任何豪言壮语都更加令人印象深刻。我哆嗦了一下，把信还给他。

第二天上午，我们出席了一个高层会议。苏塞克斯的警察局局长、刑事调查局的助理局长、安德沃尔的格伦警督、苏塞克斯警察局的卡特警长、贾普和一个更年轻的叫克罗姆的警督，以及著名精神病学家汤普森医生全都被召集起来。信上盖的是汉普斯特德的邮戳，但在波洛看来，这一点无关紧要。

大家就这一事件展开了充分讨论。汤普森医生是个可爱的中年人，尽管学问高深，语言却很朴实，总是尽量避免使用专业术语。

“毫无疑问，”助理局长说，“两封信出自同一人之手，是同一人写的。”

“我们完全可以推断写信的人应该对安德沃尔谋杀案负责。”

“没错。我们得到了明确的预先通知，第二起案件将在二十五号发生，也就是后天，地点是贝克斯希尔。我们应该采取哪些行动？”

苏塞克斯警察局局长看着警长。

“哦，卡特，你有什么想法？”

警长阴郁地摇了摇头。

“很难，先生。对于受害人会是谁，我们一点儿线索都没有。坦白地讲，我们能采取什么行动呢？”

“我有一个建议。”波洛小声说。

大家都把脸转向他。

“我想，下一个被害人的名字可能是以 B 打头的。”

“有些道理。”警长疑虑重重地说。

“字母顺序情结。”汤普森医生若有所思地说。

“我只是认为有这种可能性——没别的意思。上个月那个女人不幸遇害了，当我看见她的店门上方清清楚楚地写着阿谢尔（Asher）的名字时，我突然有了这个想法。当我收到第二封信，看到上面提到的地点是贝克斯希尔（Bexhill）时，我就想到，受害人和作案地点可能是按字母顺序挑选的。”

“有可能，”医生说，“但阿谢尔这个名字也可能是个巧合——这次的受害人，不管她叫什么名字，可能也是一个开商店的老太太。记住，我们要对付的是一个疯子。目前为止，他还没有给我们提供任何有关动机的线索。”

“疯子会有动机吗，先生？”警长怀疑地问。

“当然会有动机，伙计。致命的逻辑是急性狂躁症的特点之一。有人相信是上天派自己去杀死教士、医生或者开烟草店的老太太，而这背后总会有某种极为清晰的理由。我们一定不能让这起字母案失控。贝克斯希尔紧跟在

安德沃尔 (Andover) 后面，可能仅仅是一种巧合。”

“我们至少可以采取一定的预防措施，卡特。特别要留意一下姓名是以字母 B 开头的人，尤其是小店主，还要监视所有独自一人经营的小烟草报刊商铺。我认为我们只能做这么多了。当然，还要尽可能注意所有的陌生人。”

警长叹了口气。

“在学校放假、假期开始的时候？这个星期会有大量游客涌入贝克斯希尔。”

“我们必须尽力而为。”警察局局长严厉地说。

轮到格伦警督发言了。

“我会监视所有和阿谢尔案有关的人。那两个证人，帕特里奇和里德尔，当然还有阿谢尔本人。如果有任何迹象表明他们要离开安德沃尔，我会派人跟着他们。”

大家提了几个建议，又东拉西扯了一会儿，会议就结束了。

“波洛，”我们沿着河边走的时候，我说，“这一次犯罪肯定能被阻止吧？”

他那张憔悴的脸转向我。

“以全城人的正常心智去对付一个人的精神错乱？我担心，黑斯廷斯，我非常担心。别忘了开膛手杰克[①] 屡屡

①一八八八年八月七日到十一月九日，开膛手杰克于伦敦东区的白教堂一带以残忍的手法连续杀害至少五名妓女。犯案期间，凶手多次写信给相关单位挑衅，却始终未落入法网。

得手。”

“很可怕。”我说。

“黑斯廷斯，疯狂是件很可怕的事……我担心……我非常担心……”

第九章　滨海贝克斯希尔谋杀案

时至今日，我还记得七月二十五号早晨醒来时的情形。当时应该是七点半左右。

波洛站在我的床边，轻轻摇晃我的肩膀。我瞥了一眼他的脸，立刻从半清醒的状态恢复到了完全清醒。

“怎么了？”我边问边迅速坐起来。

他的回答很简单，但从他嘴里吐出来的那三个字里蕴含着丰富的情绪。

“出事了。”

“什么？”我大叫道，“你是说——但今天才二十五号啊。”

“昨天晚上发生的。更确切地说，是今天凌晨。”

我从床上一跃而起，接着快速洗漱，在这期间，他向我简单地复述了刚从电话里获知的消息。

“贝克斯希尔的海滩上发现了一具女孩的尸体。经确认，死者名叫伊丽莎白·巴纳德(Barnard)，是一个咖啡馆的女服务员。她和父母住在一幢新建成的平房里。医学证据表明，她的死亡时间是在晚上十一点半到凌晨一点之间。”

“他们确信这就是那桩罪案？”我一边匆忙往脸上涂肥皂沫，一边说。

“他们在死者身下找到了一本ABC列车时刻表，打开的那页正好是去贝克斯希尔的火车。”

我打了个寒战。

“太可怕了！”

“小心，黑斯廷斯。我不希望家里再发生悲剧！”

我狼狈地擦掉下巴上的血。

“我们有什么行动计划吗？”我问。

“过一会儿有辆车会来接我们。我把咖啡给你端过来，这样就不会耽误出发了。”

二十分钟后，我们坐在一辆警车里，车飞快地穿过泰晤士河，驶出伦敦。

与我们同行的是克罗姆警督，前几天他也出席了那次会议，现在这个案子正式由他接手。

克罗姆和贾普不是一个类型的警察。克罗姆要年轻得多，沉默寡言，带着些许高傲。他受过良好的教育，学识渊博。就我的标准而言，他有些扬扬自得。最近，他因破获一系列儿童谋杀案而获得褒奖。他非常耐心地追捕到了罪犯，那个家伙现在被关在布罗德莫精神病院。

显然，他是负责本案的合适人选，但我觉得他有些过于清楚这一点了。他用高人一等的架势对待波洛，对波洛的尊重就像年轻人尊重长辈一样——以一种相当刻意且“寄宿学校”的方式。

“我和汤普森医生长谈过一次，”他说，“他对‘连环’或‘系列’谋杀案非常感兴趣。这是一种特定的扭曲心态的产物。当然，那些呈现在医学角度下的更细微的特点，外行是无法欣赏到的。”他咳嗽了一声，“事实上，我上次办的那个案子，不知道你们听说过没有——梅布尔·霍默案，那个马斯韦尔希尔区的女学生——你知道，那个卡珀也很特别。给他定罪特别难。那是他做的第三起案子！他看上去和我们一样，像是正常人。我们给他做了各种测试——语言陷阱，你知道——非常先进，你那个年代没有这种东西。一旦能诱使一个人暴露自己，就能逮住他！他知道你已经知道是他干的了，他的精神就会崩溃，于是破绽百出。”

“我那个时代有时候也会发生这种事。”波洛说。

克罗姆警督看着他，嘟囔道：

“哦，是吗？”

沉默了一会儿。当我们经过新十字车站时，克罗姆说：

“如果你们想了解本案的情况，那就请问吧。”

“我想，你还没向我描述过那个遇害的姑娘吧？”

“她二十三岁，遇害前在姜黄猫咖啡馆做服务员——”

“不是这个，我想知道——她漂亮吗？”

“我没得到这方面的信息。”克罗姆警督说，他的态度有些回避，似乎在说：“这些外国佬，全是一路货色！”

波洛眼中闪现出一丝淡淡的欢愉。

“你好像觉得这不重要，是吗？但对一个女人来说，外貌是最重要的。往往会决定她的命运。”

又是一阵沉默。

快到塞文奥克斯时，波洛才开口。

“你知道那个姑娘是怎么被勒死的吗，用什么东西勒死的？”

克罗姆警督简要作答。

“我推断，是用她自己的腰带勒死的——一条厚厚的编织腰带。”

波洛的眼睛瞪得大大的。

“啊哈，”他说，“我们终于掌握了一点儿确切的信息。这也能说明一些问题，不是吗？”

“我没有发现。”克罗姆警督冷冷地说。

此人的谨慎和缺乏想象力让我很不耐烦。

“这一点给我们提供了凶手的特征。”我说，“用那个姑娘自己的腰带。这表明了凶手内心的兽性！”

波洛朝我投来无法捉摸的一瞥。表面上看是在幽默地向我传达不耐烦。我想也许他在警告我不要在警督面前过于直言不讳。

我再度陷入沉默。

在贝克斯希尔迎接我们的是卡特警长。和他在一起的是一个叫凯尔西的年轻警督，凯尔西长得很招人喜欢，样子看着也很聪明。警察局派凯尔西来协助克罗姆破案。

“你可能想亲自查问，克罗姆。”警长说，“所以，我先把本案的主要情况告诉你，你就可以立刻着手调查了。”

“谢谢你，先生。”克罗姆说。

“我们已经把这个不幸的消息告诉她父母了。”警长说，“当然，这对他们来说是个沉重的打击。在询问他们之前，我让他们先休息一会儿，平复一下情绪，这样你就可以从头问了。”

“她家里还有别人吗？”波洛问。

“死者有一个姐姐，在伦敦做打字员，我们已经通知她了。另外，还有一个年轻人——实际上，我认为昨天晚上那个女孩应该是和他一起出去的。”

“那本 ABC 起什么作用了吗？”克罗姆问。

“放在那儿了，”警长朝桌子点了一下头，“上面没有指纹。打开的那页是贝克斯希尔。应该是本新书，好像没怎么翻过。不是在这附近买的。我已经去所有可能的文具店打听过了。”

“尸体是谁发现的？”

“一个喜欢早起晨练的上校，杰罗姆上校。早晨六点钟左右，他带着狗出门。沿着海滨人行道朝库登的方向走，一直走到海滩上。狗跑开去嗅什么东西。上校叫那只狗，但狗没有回来，上校看了一眼，感觉出了什么怪事，便走近了看。他做事很有分寸，没有碰她的尸体，而是立刻给我们打了电话。”

“死亡时间是在昨天午夜前后吗？”

“在夜里十二点到凌晨一点之间，这一点确定无疑。我们的凶手很守信用。他说在二十五号，就在二十五号，尽管仅仅过了几分钟。”

克罗姆点点头。

“对，这就是他的思维方式。没有别的了吗？没有人见过什么有帮助的东西吗？”

“据我们所知没有。不过，现在这么说为时尚早。凡是昨晚看到穿白衣服的女孩和一个男人一起散步的人很快都会来向我们报告情况。我猜，昨天晚上有四五百个白衣女郎曾与年轻男士一起散过步，这个案子可有的查了。”

“好了，先生，我最好开始调查了。”克罗姆说，“那家咖啡馆，还有那个姑娘的家。我最好两个地方都去一下。凯尔西可以和我一起去。”

“那波洛先生呢？”警长问。

“我陪你一起去。”波洛向克罗姆微微鞠了一躬，说。

克罗姆似乎有些不悦。以前没见过波洛的凯尔西则咧开嘴笑了。

令人遗憾的是，人们第一次见到我的朋友时，总是倾向于把他当成第一流的玩笑。

“勒死她的那条腰带呢？”克罗姆问，“波洛先生认为那是一条宝贵的线索。我猜他想看一下。”

“我完全不想看，”波洛立刻说，“你误解我了。”

“你会一无所获的。”卡特说，“那不是一条皮带——如果是皮带，也许上面会留下指纹。那只是一条厚厚的编织腰带，杀人的理想工具而已。”

我禁不住打了个寒战。

“好了，”克罗姆说，“我们还是走吧。”

我们即刻出发。

我们的第一站是姜黄猫咖啡馆。它坐落在海边，是那种很常见的小茶室。小桌子上铺着橙红色的格子布，藤编的椅子上放着橙色靠垫，坐上去很不舒服。这是那种专门供应早餐咖啡的地方，五种不同的茶，德文郡茶、农舍茶、果味茶、卡尔顿茶和原味茶——还有为女士们准备的简易午餐，比如炒鸡蛋、小虾和脆皮通心粉。

早餐刚刚开始。咖啡馆的女经理匆忙把我们领进后面一间极不干净的密室。

“梅里恩小姐？”克罗姆问。

梅里恩小姐颤颤巍巍地用一种女性哀伤时的尖嗓音说：“我就是。这实在让人伤心，让人伤心透了。我真的无法想象这件事会给我们的生意造成怎样的影响！”

梅里恩小姐四十岁左右，非常瘦，有一头稀疏的橙黄色头发——其实，她本人就和姜黄猫惊人地相似。她紧张地揉搓着作为工作服一部分的三角披肩和荷叶边。

“你的生意一定会很兴隆的。”凯尔西警督鼓励她，“等着瞧吧！很多人点菜，你会忙不过来的！”

“可恶。”她说道，“太可恶了，这会让我们对人性感到绝望。”

尽管她嘴上这么说，眼睛里却闪着亮光。

“关于那个死了的姑娘，你有什么可以告诉我的吗，梅里恩小姐？”

“没有什么。”梅里恩小姐的语气很坚决，“绝对没有什么可说的。”

“她在这里做了多久了？”

“这已经是第二个夏天了。”

“你对她满意吗？”

“她是个很好的服务员，手脚麻利，而且热心助人。”

“她是不是长得很漂亮？”波洛问。

这回轮到梅里恩小姐对他露出“瞧，这些外国佬”的表情了。

“是个好看的姑娘，干干净净的。”她的语气很冷淡。

“昨天晚上她几点钟下班？”克罗姆问。

“八点钟。我们这儿八点钟关门。我们不供应晚餐。顾客没有这个需求。吃炒鸡蛋喝茶（这时，波洛打了个寒战）的人到七点钟就走光了，有时候会稍晚一些，一般过了六点半，我们就不忙了。”

“她跟你提起过晚上要去干什么吗？”

“当然没有。”梅里恩小姐断然说道，“我们俩的关系没那么近。”

“没有人来找过她吗？”

“没有。”

“她看上去和平时一样吗？既不兴奋，也不消沉？”

“我实在无可奉告。”梅里恩小姐冷冰冰地说。

“你雇了几个女服务员？”

“平时是两个人，七月二十号到八月底还会再雇两个。”

“伊丽莎白·巴纳德不是临时雇来的吧？”

“巴纳德小姐是固定员工。”

“那另一个呢？”

“希格利小姐？她是个很可爱的姑娘。”

“她和巴纳德小姐是朋友吗？”

“我实在无可奉告。”

“也许我们最好和她聊几句。”

“现在吗？”

“如果你愿意的话。”

“我把她叫过来。”梅里恩小姐说着站了起来，“请尽量简短一点儿，现在是早餐高峰时间。”

像猫一般的姜黄色梅里恩小姐离开了房间。

“非常优雅。”凯尔西警督评价道，他模仿那个装腔作势的女人，“我实在无可奉告。”

一个胖乎乎的女孩蹦蹦跳跳地进来了，她有些喘不上气来，一头黑发，面颊红润，黑色的眼珠激动得滴溜乱转。

“是梅里恩小姐让我来的。”她气喘吁吁地说。

“你就是希格利小姐？”

“对，我就是。”

“你认识伊丽莎白 · 巴纳德吗？”

“哦，是的，我认识贝蒂[1]。太可怕了，不是吗？实在是太可怕了！我简直不敢相信这是真的。我一个上午都在跟姑娘们说，我真的不敢相信！‘你们知道，姑娘们，’我说，‘这不像是真的。贝蒂！我是说贝蒂 · 巴纳德，她一直在这儿工作，怎么就被人杀了呢！我就是不敢相信。’我说。我捏了自己五六次，看我是不是醒着。贝蒂被人杀了……哦，这……你们明白我的意思，不像是真的。”

“你熟悉死者吗？”克罗姆问。

“呃，她在这儿工作的时间比我长。我是今年三月份才来的。她去年就在这儿了。她是个特别安静的人，如果你们明白我的意思。不是那种特别爱说爱笑的人。我的意思不是说她就是个安静的人，她有很多自己的乐趣，但是她不……怎么说呢，她既安静，又不安静，如果你们明白

①贝蒂为伊丽莎白的昵称。

我的意思。”

我想说，克罗姆警督实在是太有耐心了。从一个旁观者的角度来看，这个体态丰满的希格利小姐简直令人抓狂。她会把她说出来的每一个观点重复更正六七遍，最终的结果是枯燥到极点。

她和死者的关系并不亲密。可以猜到，伊丽莎白·巴纳德认为自己的能力略胜希格利小姐一筹。她在工作时非常友善，但姑娘们和她没有深交。伊丽莎白·巴纳德有个“朋友”在车站附近的一家房地产中介公司上班。那个中介公司的名字叫考特—布伦斯基尔。不，他既不是考特先生，也不是布伦斯基尔先生。他是那里的办事员。她不知道他叫什么名字，但很熟悉他的长相。英俊，哦，非常英俊，总是穿得很漂亮。显然，希格利小姐心里有些嫉妒。

最后总结一下这次面谈的结果。伊丽莎白·巴纳德没向咖啡馆里的任何一个人透露她昨晚的计划，但希格利小姐认为，她是去见那个“朋友”了。她穿了一条新的白裙子。“穿了新衣服，人显得特别甜美。”

接下来，我们又找另外两个姑娘聊了一会儿，但没有进一步的结果。贝蒂·巴纳德对她的计划只字未提，整个晚上也没有人在贝克斯希尔见过她。

第十章　巴纳德一家

伊丽莎白·巴纳德的父母住在一幢极其狭小的平房里，这样的房子那里大概有五十幢，是一个做投机生意的建筑商在小镇的边缘地带匆匆建成的。小镇的名字叫兰达尔诺。巴纳德先生是个矮胖子，年纪在五十五岁上下，他一脸困惑，看到我们向他家走来，就站在门口等我们。

“进来吧，先生们。”他说。

凯尔西警督主动介绍说：

“这位是苏格兰场的克罗姆警督，先生。”他说，“他是来帮我们破案的。”

“苏格兰场？”巴纳德先生满怀希望地说，“太好了。那个杀人的恶棍就该坐牢。我可怜的女儿——”他的脸因突然流露的悲伤而变了形。

“这位是赫尔克里·波洛，也是从伦敦来的，还有——”

“黑斯廷斯上尉。”波洛说。

“很高兴见到你们，先生们，”巴纳德先生木然地说，“快进屋吧。我不知道我可怜的太太能不能见你们。她太难过了。”

然而，当我们在这幢平房的客厅里坐定时，巴纳德太太还是露面了。显然，她大哭过，眼圈发红，脚步摇晃，一副受到沉重打击的样子。

“哎呀，好了。”巴纳德先生说，“你确定没事吗？”

他轻轻拍拍她的肩膀，把她拉到一把椅子前坐下。

“警长人很好，”巴纳德先生说，“通知我们这个消息后，他说，等我们的情绪平复以后，他再来问别的问题。”

“太残忍了，哦，太残忍了。”巴纳德太太眼泪汪汪地喊道，“这是世上最残忍的事。”

她的语调有些像吟唱，我原以为是外国口音，直到我想起门上的名字，才意识到，她的某些发音实际上证明了她原籍威尔士。

“是很痛苦，夫人，我知道。”克罗姆警督说，“我们非常同情你，但我们想了解所有事实，以便尽快开展工作。”

“有道理。”巴纳德先生边说边点头表示赞同。

“我了解到，你女儿今年二十三岁。她和你们住在一起，在姜黄猫咖啡馆上班，对吗？”

“是这样的。”

“这座房子是新建的吧？你们以前住在哪儿？”

“我以前在肯宁顿做五金生意。两年前退休了。一直想住到海边来。”

“你有两个女儿？”

“是的。我的大女儿在伦敦做职员。”

“昨天晚上你女儿没回家，你们是不是很担心？”

“我们不知道她一夜没回来。”巴纳德太太泪盈盈地说，“我和她爸爸有早睡的习惯，九点钟我们就上床休息了。直到警察来了，我们才知道贝蒂昨天晚上没回家，他们说，说……”

她情不自禁地痛哭起来。

“你女儿经常很晚才回家吗？”

“你知道，现在的女孩经常是这样。警督，”巴纳德说，“她们都很独立。夏天的晚上她们不会着急回家的。贝蒂也一样，通常她十一点钟到家。”

“她怎么进门？你们给她留门吗？”

“钥匙就放在门垫下面——我们一直这么做。”

“我听到一些传闻，说你的女儿已经订婚了。”

“现在人们不用这么正式的说法了。”巴纳德先生说。

“那个小伙子叫唐纳德·弗雷泽，我很喜欢他，非常喜欢他，”巴纳德太太说，“可怜的孩子，他听到这个消息一定会很难过。不知道他听说了没有？”

“我听说他在考特—布伦斯基尔公司工作？”

“是的。做房地产经纪人。”

“你女儿晚上下班后，他们经常见面吗？”

“不是每天晚上都见面，一个星期差不多见一两次吧。”

“你知道她昨天晚上要去见他吗？”

“她没说。贝蒂向来不怎么说她做什么，要去哪儿。但她是个好姑娘，贝蒂是个好孩子。哦，我不敢相信——”

巴纳德太太又开始抽泣。

“振作一点儿，老伴儿。忍着点儿。”她的丈夫劝她，“我们一定要弄个水落石出。”

“我相信唐纳德永远不——永远不——”巴纳德太太呜咽着说。

“现在振作一点儿。”巴纳德先生重复道。

“我多么希望能给你们一些帮助，但事实上，我一无所知，我一无所知，根本没办法帮你们找到那个该死的恶棍。贝蒂是个可爱、快乐的姑娘——她和一个很不错的年轻人……呃，我们年轻的时候叫相恋。我不明白的是，为什么有人会杀死她呢？这实在是说不通。”

“你的话非常接近真相，巴纳德先生。”克罗姆说，“现在我想去看一下巴纳德小姐的房间。也许我们能在那里找到些什么，信或者日记本什么的。”

“请过去看吧。”巴纳德先生说着站起身来。

巴纳德先生带路。克罗姆跟在他身后，然后是波洛，接着是凯尔西，我走在最后。

我停下一分钟系鞋带，就在这时，一辆出租车停在门口，一个女孩从车里跳下来。她付了车费，然后急匆匆地沿着小路走过来，手里提着一只小箱子。进门时，她看见我，突然停住了脚步。

“你是谁？”她说。

我下了几个台阶，觉得很尴尬，不知道怎么回答才好。我应该自报家门吗？还是说我是和警察一起来的？然而，这个姑娘不给我时间做决定。

“哦，好吧。”她说，“我能猜出来。”

她摘下白色的小羊毛帽，随手扔在地上。稍微转了一下身，阳光正好照在她身上，现在我可以更清楚地看到她的模样了。

她给我的第一印象是我的姐妹们儿时玩过的荷兰式活动关节木玩偶。她一头黑发，短发波波头，剪了个齐刘海儿。颧骨很高，整个人给人的感觉有一种怪异的时髦的棱角，但不知道为什么，不能说她不吸引人。她其实不好看，长相很普通，但她身上有一种强烈的气质，让人无法忽视她。

“你是巴纳德小姐吧？”我问。

“我是梅根·巴纳德。你是警察吧，我猜？”

“呃，”我说，“也不尽然——”

她打断我的话。

“我想我和你没什么可说的。我妹妹是个聪明的好女孩，她没有男性朋友，早上好！”

她短促地大笑了一声，用挑衅的目光注视着我。

“这个说法很准确，是不是？”她说。

“我不是记者，如果你指的是这个意思。”

“那你是谁？”她环顾四周，“我母亲和我父亲呢？”

“你父亲带警察去看你妹妹的房间了。你母亲在那边。她很难过。”

女孩似乎做了个决定。

“到这边来吧。”她说。

她拉开一扇门，走了进去。我跟在她后面，发现我们来到了一个整洁的小厨房。

我刚要关上身后的门，不想遇到了阻力。波洛悄悄闪身进来，并随手关上了门。

“巴纳德小姐？”他迅速鞠了一躬，说。

“这位是赫尔克里·波洛先生。”我说。

梅根·巴纳德迅速上下打量了他一番。

“我听说过你，”她说，“你就是那个时髦的私人侦探，对不对？”

“这个形容词不算美好，但也可以。”波洛说。

姑娘坐在餐桌沿上，接着，她把手伸进包里摸烟，然后把烟放在唇间，点着，在两口烟的间隙开口说：

“我不太明白，赫尔克里·波洛先生怎么会对我们这个不起眼的小案子感兴趣呢？”

“小姐，”波洛说，“你不明白的东西和我不明白的东西加在一起都够写一本书了，但这一切都没有现实意义。

有现实意义的是那些不容易找到的东西。”

“什么东西？”

“小姐，很可惜死亡会引发偏见，而偏见对死者有利。我听见刚才你对我的朋友黑斯廷斯说的话了。‘她是一个聪明的好女孩，没有男性朋友。’你这么说是在嘲笑报纸。确实如此，一个年轻的姑娘死了，人们会这么说。她很聪明。她很快乐。她性情温和。她无忧无虑。她没有讨厌的熟人。人们总是对死者表现得宽容大度。你知道此刻我想做什么吗？我想找到一个熟悉伊丽莎白·巴纳德，但不知道她已经死了的人！这样我才能听到对我有用的话——真话。”

梅根·巴纳德抽着烟，静静地看了他几分钟。她终于开口了。她的话吓了我一跳。

“贝蒂，”她说，“是个十足的小傻瓜。”

第十一章　梅根·巴纳德

正如我所言，梅根·巴纳德说出来的话，加上她干脆利落、公事公办的口吻，着实吓了我一跳。

然而，波洛只是严肃地点了一下头。

“现在说也不迟，”他说，“你很聪明，小姐。”

梅根·巴纳德依旧以超然的语气说：

“我非常喜欢贝蒂。但我对她的喜爱，并不能让我对她是个小傻瓜这个事实视而不见——有的时候，我还会当面对她这样讲！姐妹之间就是这样。”

“她重视你的意见吗？”

“很可能没有。”梅根的话里带着讥讽的意味。

“小姐，你能说得再准确一些吗？”

梅根犹豫了一两分钟。

波洛微微一笑，说：

“我可以帮你。我听到你对黑斯廷斯说的话了。你说你妹妹是个聪明、快乐的姑娘，没有男性朋友。这和事实正好相反吧？”

梅根慢吞吞地说：

“我不想伤害贝蒂。我希望你能了解这一点。她为人正派，不是那种喜欢过周末的人。完全不是。但她喜欢有人带她出去跳舞什么的，哦，她喜欢听廉价的恭维和赞美之词。”

“她很漂亮，是吗？”

这是我第三次听到这个问题，这次他终于得到了一个实际的回应。

梅根从桌子上滑下来，走向她的箱子，“啪”的一声打开，取出一样东西交给波洛。

皮质的相框里是一个面带微笑的金发女孩的及肩照。显然，她刚烫过头，头上有很多小卷。她的笑容淘气而造作。当然，不能用美丽来形容这张脸，但她廉价的漂亮却是显而易见的。

波洛把照片还给她，说：

“你和她长得不像，小姐。”

“哦！我是长相普通的那个。从小我就知道。”她似乎对这个事实不屑一顾，觉得微不足道。

“你认为你妹妹究竟在哪些方面表现得很愚蠢？也许你是指她和唐纳德·弗雷泽先生的关系？”

“就是在这件事上。唐[1]是那种特别镇静的人，但

①唐纳德的昵称。

他——呃，当然他也厌恶某些事，然后——”

“然后什么，小姐？”

他定定地看着她。

也许只是我的想象，但在我看来，她犹豫了一秒钟才回答：

“我担心到头来他会——抛弃她。如果是这样，真的挺遗憾的。他为人稳重，工作勤奋，也会是个好丈夫。”

波洛继续盯着她。在他的注视下，她没有脸红，反而报以同样坚定的目光，此外，还有别的什么，让我想起她最初那个挑衅的轻蔑神态。

“原来是这样，”他终于开口道，“我们不再说真话了。”

她耸了一下肩，转身面向门口。

她说：“我已经尽力帮助你了。”

听到波洛说话，她又停下了脚步。

“等一下，小姐，我有事要告诉你，请回来。”

我想，她是极不情愿地服从了。

令我稍稍感到惊讶的是，波洛突然讲起了ABC信的来龙去脉，安德沃尔谋杀案，还有在尸体旁边发现的列车时刻表。

他找不到理由抱怨她对此缺乏兴趣。她张开嘴，两眼发光，坚持听他讲下去。

“这都是真的吗，波洛先生？”

“是的，全是真的。”

“你真的认为我妹妹是被某个可怕的杀人狂杀死的吗？”

“正是这样。”

她深深地吸了一口气。

“哦！贝蒂，贝蒂，太，太可怕了！”

“你看，小姐，我向你了解情况的时候，你大可以畅所欲言，不必顾虑会伤害到什么人。”

“是的，我现在明白了。”

“那么就让我们把这次谈话继续下去吧。我有了一种想法，这个唐纳德·弗雷泽可能是个脾气狂暴而且嫉妒心极强的人，你说对吗？”

梅根·巴纳德平静地说：

“我信任你，波洛先生。我会把真相完全告诉你。就像我说的那样，唐是一个非常冷静的人——很克制，如果你明白我的意思。他很少用语言表达自己的感受。但在这种表象下面，他对某些事又特别介意。他生性好妒，总是吃贝蒂的醋。他对她一心一意——当然，她也很喜欢他，但贝蒂不会因为喜欢一个人就不去留意其他人。她天生不是那种人。她会，呃，留意那些相貌英俊、向她示好的男人。当然，在姜黄猫咖啡馆工作，她总是能遇到一些男人——尤其是在暑假期间。她向来伶牙俐齿，如果有人跟她开玩笑，她也会和那个人打趣。然后，她可能会和他们见面，约着去看看电影什么的。其实没什么大不了的——从来没发生过那种事——她就是喜欢找乐子。她过去常说，即使有一天她和唐的生活安顿下来了，如果有可能，她还是会像现在这样快活地玩乐。”

梅根停下来，波洛说：

“我明白。继续讲吧。”

“唐无法理解的正是她的这种想法。如果她真的喜欢他，他不明白为什么她还要和别人出去呢？有那么一两次他们为此吵得很凶。”

“那个唐纳德先生不再平静了？”

“他和所有平静的人一样，一旦发起脾气来，简直是狂风骤雨。唐大发雷霆，把贝蒂吓坏了。”

“这是什么时候的事？”

“一年前，他们吵过一次，还有一次吵得更凶——就在一个多月前。当时我在家里过周末。我想让他们和好，那时我想提醒贝蒂一下，告诉她，她是一个小傻瓜。她只是说，她那么做没想伤害他。呃，她说得没错，但她照样自讨苦吃。你知道，他们一年前的那次争吵之后，她养成了一个习惯，她会撒几个有用的小谎，她的原则是，脑子不想，心就不痛。他最后一次发火是因为她告诉唐，她要去黑斯廷斯[1]见一个女朋友，结果他发现，她其实是和一

①黑斯廷斯（Hastings），英国地名。

个男人去了伊斯特本，对方还已婚。那人在这件事上有些遮遮掩掩，于是情况变得更糟了。他们大吵了一通——贝蒂说她还没嫁给他，所以有权利想和谁出去就和谁出去。唐气得脸色惨白、浑身发抖，说，总有一天，总有一天……”

“什么？”

“他会杀了她——”梅根低声说。

她不说话了，盯着波洛。

他严肃地点了几下头。

“所以，很自然你会担心……”

“我从来没想过他真的会这么做，一分钟也没这么想过！我担心的是还会引起——争吵，他说的那些话，好几个人都知道。”

波洛再次严肃地点头。

“正是如此。小姐，可以这么说，若不是凶手自私自利的虚荣心，这件事肯定会发生。如果唐纳德·弗雷泽逃脱嫌疑，还得感谢 ABC 疯狂的自吹自擂。”

他沉默了一两分钟后，说：

“你知道你妹妹跟那个已婚男人或者别的什么男人见过面吗，最近？”

梅根摇头否认。

“不知道。你看，我不住在这儿。”

“那你认为呢？”

“她可能再没见过那个人。如果他觉得这样可能引起他们的争吵，他就避开了，至于贝蒂又向唐撒了谎，我一点儿也不觉得奇怪。你知道，她很喜欢跳舞、看电影，当然，唐没有那么多钱天天带她出入那些场所。”

“如果是这样的话，她会向什么人吐露心事吗？比如说，在咖啡馆做事的那些姑娘？”

“我觉得不太可能。贝蒂受不了那个叫希格利的女孩。她觉得她很普通。其他的姑娘又都是新来的。反正，贝蒂不是一个爱倾诉的人。”

这时，一阵刺耳的电铃声颤抖着在梅根头顶响起。

她走到窗前，把身子探出窗外，接着，她猛地把头缩了回来。

“是唐……”

“把他带到这儿来。”波洛马上说，“在把他交给我们的警督之前，我想和他谈两句。”

梅根·巴纳德犹如闪电一般冲出厨房，几分钟后，她拽着唐纳德·弗雷泽的手回来了。

第十二章　唐纳德·弗雷泽

看到这个年轻人，我立刻为他难过起来。苍白憔悴的面容和迷惑不解的眼神都显示出他遭受了多么沉重的打击。

这个年轻人身高近六英尺，身材匀称，虽说不上英俊，但也算是好看，长了一张可爱的、有雀斑的脸，高颧骨，一头火红的头发。

“怎么回事，梅根？”他说，“为什么到这儿来？看在上帝的分儿上，告诉我，我刚听说——贝蒂……”

他的话音渐渐弱了下去。

波洛将一把椅子推到他面前，年轻人无力地坐下了。

我的朋友从口袋里取出一个小瓶子，随手摘下挂在食品柜上的一只酒杯，往杯子里倒了一点儿瓶子里的东西，说：

“喝一点儿吧，弗雷泽先生。对你会有好处。”

年轻人照办了。喝了一口白兰地后，他脸上恢复了一点儿血色。他坐直身子，再次转向那个姑娘。神态非常平静镇定。

“我想，这是真的了？”他说，“贝蒂，死了——被人杀死了？”

“这是真的，唐。”

他看起来很茫然，说：“你刚从伦敦赶过来吗？”

“是的，爸爸给我打电话了。”

“我猜，他是九点半打给你的吧？”唐纳德·弗雷泽说。

他的思绪正在逃避现实，沿着这些琐碎的细节去寻找安全感。

“是的。”

沉默一两分钟后，弗雷泽说：“警察呢？他们做了什么？”

“他们在楼上。我想是在检查贝蒂的遗物。”

“他们不清楚是谁？他们不知道……”

他停了下来。

他和所有敏感、害羞的人一样，不喜欢把残暴的事实用语言表达出来。

波洛把身子向前挪了挪，提了个问题。他用公事公办的口气表达，不带一丝感情色彩，仿佛询问的是微不足道的细节。

“巴纳德小姐有没有告诉过你昨天晚上她要去哪儿？”

弗雷泽回答了这个问题。他说起话来似乎很机械。

“她告诉我她要和一个女朋友去圣利昂纳兹。”

“你相信她说的话吗？”

“我——”这个机器人突然清醒过来，“你这么说是什么意思？”

他勃然大怒，脸上的肌肉开始抽搐。我明白了贝蒂为什么害怕惹怒他。

波洛的语气很干脆：“贝蒂·巴纳德死在一个杀人犯手里。你只有告诉我们实情，才能帮我们抓住他。”

他又看了一眼梅根。

“没错，唐。”她说，“现在不是考虑你自己或其他人的感受的时候。你必须坦白说出真相。”

唐纳德·弗雷泽用怀疑的眼神望着波洛。

“你是谁？你不是警方的人吗？”

“我比警察好。”波洛说，他不是故作傲慢。对他而言，这只是简单地陈述事实。

“告诉他吧。”梅根说。

唐纳德·弗雷泽让步了。

“我，我不太确定。”他说道，“她说的时候我信了，从来没想过别的。后来，也许是她的态度什么的，让我产生了怀疑。”

“是吗？”波洛说。

他已经坐到唐纳德·弗雷泽对面去了。他盯着另一个人的眼睛时，仿佛是在给那个人催眠。

“我为自己的多疑感到羞愧。但——我确实怀疑……我想过要不要去海边，看着她离开咖啡馆。我真的去了。

但后来我觉得不能这么做。如果贝蒂看见我，她会生气的。她会马上意识到我在跟踪她。”

“那你做了什么？”

“我去了圣利昂纳兹。八点钟到的。我盯着来来往往的公共汽车，看她是不是在车上……但根本没有她的影子……”

“然后呢？”

“我开始惊慌失措。我相信她肯定和哪个男人在一起。我想那个人可能开车带她去黑斯廷斯了，于是我又去了黑斯廷斯，在旅馆和餐馆里张望，去电影院附近转悠，我还去了码头。我做了这么多该死的蠢事。即使她真去了那里，我也不可能找到她。况且，除了黑斯廷斯，还有一大堆别的地方可去。”

他停了下来。由于他的表达很准确，我在他的话语间捕捉到了潜在的意味，可以想象，当时他肯定被茫然、迷惑的痛苦和愤怒的情绪操控了。

“最后我放弃了，回来了。”

“几点钟？”

“不知道。我是步行回来的。到家的时候应该是半夜了，或者再晚一些。”

“然后——”

厨房的门开了。

“哦，你们在这儿呢。”凯尔西警督说。

克罗姆警督从他身后挤过来，瞥了一眼波洛，又瞥了一眼那两个陌生人。

“这两位是梅根·巴纳德小姐和唐纳德·弗雷泽先生。”波洛介绍他们。

“这位是伦敦来的克罗姆警督。”他解释道。

他转向警督，说：“你在楼上检查时，我和巴纳德小姐还有弗雷泽先生谈了谈，想尽量弄明白这个案子。”

“哦，是吗？”克罗姆警督说，他的心思没在波洛身上，而是在那两个刚来的人身上。

波洛退回客厅。经过凯尔西警督身边时，后者和善地问：

“查出什么新情况没有？”

但他的注意力被他的同事分散了，没有等到回答。

我也跟着波洛来到厅里。

“有什么东西给你留下深刻的印象了吗，波洛？”我问他。

“凶手心地善良得令我吃惊，黑斯廷斯。”

我没有勇气承认自己完全不明白他是什么意思。

第十三章　会议

开会!

我的许多关于 ABC 案的记忆似乎都与开会有关。

在苏格兰场开会。在波洛家开会。官方会议。非官方会议。

召开这次会议的目的，是商量是否应该向媒体公布那几封匿名信的有关情况。

贝克斯希尔谋杀案显然比安德沃尔案更受关注。

它具备更多能够流行的因素。首先，受害人是个漂亮姑娘；其次，案发地位于一处受大众欢迎的海滨度假地。

媒体全面报道了本案的所有细节，而且每天不加掩饰地重新改写。ABC 列车时刻表得到了应有的关注。大家最喜欢的观点是，凶手在当地买了这本列车时刻表，对于查明凶手的身份来说，这是一条宝贵的线索。此外，他好像是坐火车来的，而且打算离开这里后去伦敦。

关于安德沃尔谋杀案的报道少得简直可以忽略不计，根本没提列车时刻表，所以公众不太可能把这两个案子联系在一起。

“我们必须就行动方针做出决定。”助理局长说，“问题是，我们怎么才能得到最好的结果？我们该不该把实情告诉公众，让他们参与合作，毕竟，这样的话，就会有几百万人会留意一个疯子——”

“他看起来不会像个疯子。”汤普森医生突然插了一句话。

“——注意ABC的销售情况，等等。我反对这个做法，我认为秘密调查对我们更有利，不会让他知道我们在做什么，但还有一个问题，其实他很清楚我们已经知道了，故意用匿名信把大家的注意力吸引到他身上。哎，克罗姆，你是怎么想的？”

“我是这么想的，长官。如果我们把案情公之于众，就是遵守ABC的游戏规则。这正是他想要的——公众关注，臭名昭著。这正是他所追求的东西。我说得对吗，医生？他希望弄出点儿动静来。”

汤普森点了点头。

助理局长若有所思地说：

“这么说，你赞成阻挠他。拒绝他所渴望的宣传。你呢，波洛先生？”

大概有一分钟的时间，波洛没说话。开口时，他的措辞非常谨慎。

“对我来说很难抉择，莱昂内尔先生。”他说，“就像你们可能会说的那样，我是利害关系方。挑战是冲着我来的。如果我说‘隐瞒事实，不要公布于众’，会不会有人认为这是我的虚荣心在作怪呢？说我担心自己的名誉？而毫无保留地说出来，把所有的事实都告诉大家，这么做也有好处。至少是个警告……但从另一个方面来讲，我和克罗姆警督都认为，这正中凶手的下怀。”

“嗯。”助理局长揉搓着下巴，看了一眼坐在对面的汤普森医生，“假如我们不让这个疯子得逞，不满足他给自己做宣传的渴望。他可能会怎么做？”

“再次犯罪。”医生立即说，“迫使你采取行动。”

“如果我们在所有的报纸上大肆宣传这件事。他又会作何反应？”

“答案是一样的。一种方法满足了他的狂妄自大，另一种方法则阻碍了他的狂妄自大。结果是一样的，都是再次犯罪。”

“你说呢，波洛先生？”

“我同意汤普森医生的观点。”

“进退两难啊。你认为这个——疯子一共打算作案多少次？”

汤普森医生看着对面的波洛。

“看样子是要从 A 到 Z。”他愉快地说。

“当然啦，”他继续说，“不可能到 Z。会差得很远。在那之前你们早就抓住他了。有趣的是，我想知道他怎么处理 X 这个字母。”他忽然为这种纯粹出于愉快的猜测感到内疚，“不过，根本用不着等到 X，你们早就抓住他了。这么说吧，G 或者 H。”

助理局长的拳头捶了一下桌子。

“我的上帝，难道你认为还会有五起凶杀案吗？”

“不会有那么多，先生。”克罗姆警督说，“相信我。”

他的语气很自信。

“你认为会到哪个字母，警督？”波洛问。

他的语气里含有轻微的讽刺意味。我想，克罗姆看他的眼神里掺杂着反感和平日镇定的优越感。

“下次或许就能抓到他，波洛先生。无论如何，我保证在 F 之前抓到他。”

他转向助理局长。

“我想，我们已经很清楚凶手的心理了。如果我说错了什么，汤普森医生会纠正我。我认为，每次作案成功，他的自信心都会成倍增加。每次他感觉‘我太聪明了，他们抓不到我’的时候，就会因为太过自信而变得粗心大意。他夸大自己的聪明和他人的愚笨，很快就会懒得采取任何防范措施。我说得对不对，医生？”

汤普森点点头。

“通常是这样。没有更好的非医学词汇来表达。你对这样的事有所了解，波洛先生。你难道不同意我的观点吗？”

我想，克罗姆不喜欢汤普森向波洛求助。他认为自己才是这方面的专家，只有自己才是专家。

“克罗姆警督所言极是。”波洛表示同意。

“妄想狂。”医生小声说。

波洛转向克罗姆。

“贝克斯希尔案有什么实质性的令人感兴趣的东西吗？”

“没有什么确切的事实。伊斯特本一个叫斯普兰德的餐馆的服务员看到那个死了的女孩的照片，认出了她，他说，二十四号晚上，她和一个戴眼镜的中年男人在他们那里用过餐。从贝克斯希尔到伦敦的公路中途有家叫红花菜豆的旅馆，那里也有人认出了她。他们说，二十四号晚大约九点钟，他们看到她和一个像是海军军官的男人在一起。他们的话不可能都对，两个说法都有可能是真的。当然，还有很多人出来指认她的身份，但大部分没有多大用处。我们还没有查出 ABC 的行踪。”

“看来你已经尽力了，克罗姆。”助理局长说，“你说呢，波洛先生？你想到什么调查方向了吗？”

“我认为有一个非常重要的线索——发现动机。”

“这不是明摆着吗？字母顺序情结。是不是叫这个，医生？”

“是。”波洛说，“有一种字母顺序情结。但为什么会是字母顺序情结呢？疯子在作案之前往往会有一个非常充分的理由。”

“好了，好了，波洛先生。”克罗姆说，“你想一想一九二九年的斯通曼。最后他企图杀死完全没招惹他的任何人。”

波洛转向他。

“确实如此。但如果你是一个足够重要的大人物，你自然不会去伤害讨厌的小人物。如果一只苍蝇一次又一次落在你的额头上，让你痒到发疯，你会怎么做？你会竭尽全力杀死那只苍蝇，不会为此受到良心上的谴责。你很重要，苍蝇不重要。你杀了苍蝇，烦恼就结束了。杀死一只苍蝇还有一个原因，那就是如果你有洁癖的话。苍蝇对社区来说是一个潜在的危险源，苍蝇必须走。因此，你要从精神错乱的罪犯的角度考虑问题。但说到本案，如果受害人是按照字母顺序挑选的，那么他们被除掉并非因为他们给凶手个人带来了什么烦恼。把二者结合起来看，这也太巧合了。”

“这是一种观点。”汤普森医生说，“我记得有一个案子，一个女人的丈夫被判处死刑。于是，她把陪审团成员一个接一个杀死了。过了很长时间，这些案子才被联系到一起，因为看上去完全是无计划的。但正如波洛先生所言，根本不存在凶手随意杀人这回事。要么除掉碍事的人，无论多么无意义；要么出于某种信念杀人。有的人除掉神职人员、警察或者妓女，因为他坚定地认为这些人就应该被除掉。在我看来，这种动机并不适用于本案。阿谢尔太太和贝蒂·巴纳德不能被当作同一个社会阶层的成员联系起来。当然，凶手也可能有性别情结。两个受害人都是女性。当然，等下次案发时，我们就更清楚了——”

“看在上帝的分儿上，汤普森，不要这么油嘴滑舌地说下一次犯罪。”莱昂内尔先生气愤地说，“我们要尽一切所能阻止下一次犯罪。”

汤普森医生闭上了嘴，开始使劲儿擤鼻涕。

“随你的便吧，”他的鼻子似乎在说，“如果你不愿意面对现实的话。”

助理局长转向波洛先生。

“我明白你的用意，但我们还不是很清楚。”

“我问自己，”波洛说，“凶手到底是怎么想的？从信上看，他杀人似乎只是为了好玩，为了让自己开心。这是真的吗？如果这是真的，那么，除了纯粹按照字母的顺序，他挑选受害人时又遵循怎样的原则呢？如果他杀人只是为了自娱自乐，他不会大张旗鼓地宣扬这件事，否则，他完全可以犯了罪却不用受到惩罚。但事实并非如此，我们都同意这个观点，他希望广受瞩目，弄点儿动静出来，展示自己的个性。人们把目前为止他挑选的这两个受害人联系在一起，能发现究竟在哪个方面压制了他的个性吗？最后，我还有一个建议：他的动机会不会是出于对我个人，赫尔克里·波洛的憎恨呢？他公开向我发起挑战，是否因为我曾经在职业生涯中的某一个时刻打败过他，而我并不知情呢？当然，也有可能不是为了报私仇，而是针对我的外国人身份。如果是这样，又是什么导致了这种结果呢？他从外国人那里受到过怎样的伤害？”

“这些问题令人浮想联翩。”汤普森医生说。

克罗姆警督清了一下嗓子。

“哦，是吗？暂时无法回答，也许。”

“尽管如此，我的朋友，”波洛的目光直视着他，“答案就在那里，就在那些问题里。如果我们能找到这个疯子犯罪的确切原因——对我们来说，或许是不可思议的，但对他而言则是合情合理的——我们就应该能知道，或者可能知道下一个受害人是谁了。”

克罗姆摇了摇头。

“他是随机杀人——这是我的看法。”

“心地善良的杀人犯。”波洛说。

“你说什么？”

“我说的是，心地善良的杀人犯！如果没有 ABC 的警告信，弗朗兹·阿谢尔会因为杀妻被捕！唐纳德·弗雷泽也可能因为谋杀贝蒂·巴纳德被捕。是不是他心太软，受不了别人为他们没做过的事受苦？”

“我听说过更奇怪的事。”汤普森医生说，“我知道有几个人杀了六个人，但他们全崩溃了，因为其中一个受害者没有当场死亡，受了很多罪。尽管如此，我仍然认为这不能构成本案凶手的杀人动机。他希望这些罪行能为他增光添彩。这才是最合适的解释。”

“关于宣传这件事，我们还没有做出任何决定。”助理局长说。

“我可以提个建议吗，先生？”克罗姆说，“为什么不等我们收到下一封信再说呢？到了那个时候再公之于众——做个专刊什么的。这样会在那个被提到名字的城镇造成一定的恐慌，但也会让所有名字以C开头的人保持警惕，ABC会为此竭尽全力。他会下定决心，非成功不可。到了那个时候，我们就能抓住他了。”

我们对未来一无所知。

第十四章　第三封信

第三封信来时的情形我记得很清楚。

可以这么说，我们采取了所有防范措施，ABC 重新投入战斗时，应该不会有不必要的耽搁。苏格兰场派来一名年轻的警员，如果我和波洛不在家，他的职责就是拆开所有的信件，以便及时与总部联系。

日子一天天过去，我们的心情越来越紧张。随着克罗姆警督寄予希望的线索一个接一个消失，他原本就冷漠高傲的态度变得愈发冷漠高傲。虽然有人说见过贝蒂·巴纳德和其他男人出去，但结果证明他们对那些人含糊的描述毫无用处。所有被人注意到在贝克斯希尔和库登附近出现的汽车，要么车主给出了合理的解释，要么再也找不到踪影。调查购买 ABC 列车时刻表的情况给很多无辜的人造成了不便和麻烦。

至于我们自己，每当门口响起邮递员熟悉的敲门声，我们的心脏就会因为担心而跳得更快。至少对我来说是这样，我相信波洛也有同感。

我知道，这个案子让他很不悦。他拒绝离开伦敦，宁可留在这里，以防万一。在炎热的三伏天，连他的胡子都因为主人的忽视打蔫了，这是从来没有过的事。

ABC 的第三封信寄到的那天是星期五。大概是晚上十点钟送来的。

听到那个熟悉的脚步声和轻快的敲门声，我起身走向邮箱。我记得一共送来了四五封信。我看到的最后一封信的地址是打字机打出来的。

"波洛。"我大叫道……叫喊的声音传向远方。

"信到了？打开，黑斯廷斯。快点儿。我们要分秒必争。我们必须制订计划。"

我撕开了信封——波洛第一次没责备我这么不讲究——抽出那张打印的纸条。

"读一下。"波洛说。

我大声朗读起来：

可怜的波洛先生：

你并不像你以为的那么擅长破这些小案子，是不是？你的全盛时期已经过去了，是吗？让我们看看你这次能否表现得好一些。这次的案子很简单。三十号，在彻斯顿（Churston）。你一定要努力做点儿什么！你知道，总是照我的意思来，这有些枯燥。

祝你狩猎愉快！

你永远的朋友

ABC

“彻斯顿，”说着，我立即去拿ABC，“让我们看看它在哪儿。”

“黑斯廷斯，”波洛突然喊了一声，打断了我，“这封信是什么时候写的？上面有日期吗？”

我看了一眼手里的信。

“二十七号。”我告诉他。

“我没听错吧，黑斯廷斯？他给出的作案日期是三十号？”

“没错，我看看，是的……”

“上帝啊，黑斯廷斯，你还没明白吗？今天就是三十号。”

他指着墙上的挂历。我抓起报纸确认了日期。

“为什么——怎么会——”我结结巴巴地说。

波洛从地上捡起那个撕开的信封，我隐约记得信封上的地址有些不对劲，但由于太着急看信，就没怎么注意。

现在波洛住在白港公寓，而信封上的地址写的却是：白马公寓，赫尔克里·波洛先生收。信封的一角写了一行潦草的字：ECI区白马公寓查无此人，白马苑亦查无此人，试投白港公寓。

“我的天哪！”波洛小声说，“难道连运气都在帮这个疯子吗？快，快，我们必须马上联系苏格兰场。”

一两分钟后，我们和克罗姆在电话里交谈起来。这位冷静自持的警督第一次没回答：“哦，是吗？”相反，他嘟囔了一句脏话。他听我们说完，挂断电话，以最快的速度给彻斯顿打了长途电话。

“太迟了。”波洛小声说。

“不要说得这么肯定。”我争辩道，尽管我自己也没抱太大希望。

他看了一眼墙上的钟。

“十点二十？还剩一个小时四十分钟。ABC 可能这么长时间迟迟不下手吗？”

我翻开先前从书架上取下的那本列车时刻表。

“彻斯顿，德文郡，”我读道，“距帕丁顿二百零四点七五英里，人口六百五十六。看来是个小地方。肯定有人会注意到他。”

“即便如此，又有一条生命被夺走了。”波洛小声说，“一共有几趟火车？我想坐火车比坐汽车快。”

“有一趟半夜的车——卧铺，经由牛顿阿博特，早晨六点零八分到那儿，然后七点一刻到彻斯顿。”

“是从帕丁顿出发的吗？”

“帕丁顿，对。”

“我们就坐这趟车，黑斯廷斯。”

“出发前我们几乎得不到任何消息。”

“今天晚上还是明天早晨得到坏消息，又有什么区别呢？”

“有道理。”

趁波洛又去给苏格兰场打电话的工夫，我把几样东西塞进箱子里。

几分钟后，他走进卧室，问我：

“你在干什么？”

“我在帮你收拾行李。我想这样可以节省一些时间。”

“你的情绪太激动了，黑斯廷斯。这样会影响你的双手和智慧。外套能这么叠吗？你看你把我的睡衣弄的。如果洗发水的瓶子漏了，我的睡衣怎么办？”

“天哪，波洛。”我叫道，“这可是生死攸关的大事。衣服弄得怎么样又有什么关系呢？”

“你不知道轻重缓急，黑斯廷斯。我们不可能在火车开动前就走，而且毁了一个人的衣服对阻止一桩谋杀案毫无帮助。”

他一把夺过我手里的箱子，亲自整理衣物。

他解释说，我们要把信和信封带到帕丁顿去，苏格兰场会派人在那里和我们会面。

到站台时，我们第一个看到的人就是克罗姆警督。

他对波洛询问的表情做出回应。

“还没有消息。只要是有空的人都在找。我们尽可能打电话提醒了名字以 C 开头的人。只能碰碰运气了。信在哪儿？”

波洛把信交给他。

他仔细读了一遍那封信，低声骂了一句。

“运气真是见了鬼的好！连好运都为这个家伙助战。”

“你不认为他是故意这么做的吗？”我说出了自己的想法。

克罗姆摇摇头。

“不。他有自己的规则——疯狂的规则，而且他信守这些规则。公正的警告。他很重视这一点。这也是他爱夸耀自己的地方。现在我怀疑——我几乎敢打赌，这个家伙喝白马威士忌。”

“啊，太有创意了！”波洛不由自主地赞叹起来，“他在敲打地址的时候，面前正好放着一瓶酒。”

“就是这样。”克罗姆说，“我们都干过这种事，无意识地抄写下眼皮底下的词语。他先写了一个‘白’字，接着写了‘马’字，其实应该写‘港’字……”

我们发现警督也坐火车与我们同行。

“即使运气好到不可思议，什么事都没发生，但作案地点肯定是彻斯顿。凶手就在那里，也许已经在那儿待了一天了。我的一个同事一直守在电话机旁，万一有什么事，他会立刻通知我。”

火车启动时，我们看见有个人沿站台跑过来。那个人一边伸手去够警督的窗户，一边朝车上喊着什么。

火车驶出车站后，我和波洛迅速穿过走道，轻敲警督所在的那个卧铺车厢的门。

“有消息吗？”波洛问道。

克罗姆平静地回答：

“和想象中的一样糟。有人发现卡迈克尔·克拉克爵士被人猛击头部而死。”

虽然卡迈克尔·克拉克爵士并不为普通民众所熟知，但他还是有一定知名度的。他曾经是闻名遐迩的喉科专家。退休后的生活相当富足，沉醉于一生最大的爱好之一——收藏中国陶瓷——之中。几年后，他从一个伯父那里继承了一大笔遗产，于是全情投入，并成为最著名的中国艺术品收藏家之一。他已婚，但没有孩子，住在德文郡海边一幢自己建的房子里，他很少来伦敦，除非有重要的拍卖会。

不用多想就能知道，在年轻貌美的贝蒂·巴纳德死后，他的死为报界提供了几年来的最佳热点话题。现在是八月份，报纸正缺少话题，这个事实让事态变得更加糟糕。

“好吧。”波洛说，“宣传也许能做到私下里努力做不到的事。现在整个国家都会追查 ABC 了。”

“遗憾的是，”我说，“这正是他想要的。”

“确实如此。但也可能会给他埋下祸根。成功冲昏了他的头脑，他会变得粗心大意……我希望他陶醉在自己的聪明里。”

“这一切简直太奇怪了，波洛。”我惊呼道，突然，我脑子里闪出一个想法，“你知道这是你我第一次合作侦查这类案件吗？可以这么说，我们接触过的所有谋杀案都是私人的谋杀案。”

“你说得很对，我的朋友。到现在为止，我们遇到的情况都需要从内部开始侦破。关键是受害者的过去。有重要的几点：从死亡中获利的人是谁？他身边的人有什么作案机会？之前一直都是‘私人犯罪’。这是我们第一次碰到冷血的、非私人的谋杀案。来自外部的谋杀。”

我打了一个寒战。

“太可怕了……”

“是的。读第一封信的时候我就感觉有哪个地方不对劲……怪异……”

他不耐烦地做了一个手势。

“不能这么紧张……这个案子并不比普通的案子更糟……”

“这……这……”

“也许杀死一个或几个陌生人比杀死亲近的人——那些相信和信任你的人——更糟糕？”

“更糟糕，因为这很疯狂……”

“不，黑斯廷斯。并不是更糟糕，而是更困难。”

"不，不，我不同意你的观点，这会可怕无数倍。"

赫尔克里·波洛若有所思地说：

"正因为疯狂，所以更容易侦破。一个精明且神志正常的人犯下的案子要复杂得多。这个案子，如果我能忽然想到一个主意……这个字母顺序案，找到其中的破绽。如果我能想到那一点，那么一切就变得清晰简单了……"

他叹了口气，摇了摇头。

"不能让这些罪行再继续下去了。我必须尽快，尽快查明真相……走吧，黑斯廷斯，睡会儿觉吧。明天还有很多事要做。"

第十五章　卡迈克尔·克拉克爵士

彻斯顿确实位于这边的布里克瑟姆和另一边的佩恩顿以及托基之间，占据了托贝弧形海岸的中间位置。直到大约十年前，这里还只是一个高尔夫球场，球场下方是一片向下延伸至海边的绿地，上方只有一两所农舍。最近几年，彻斯顿和佩恩顿之间大兴土木；如今，海岸边点缀着小房子、单层房屋和新修的公路。

卡迈克尔·克拉克爵士购置了一块大约两英亩的土地，站在窗前向外望去，海景一览无余。他盖了一幢现代风格的房子——一个不算难看的白色长方形。除了两个存放收藏品的大画廊，这幢房子其实并不大。

我们是早晨八点左右到的，当地一位警官来车站接我们，并向我们讲述了大概情况。

卡迈克尔·克拉克爵士似乎有个习惯，每天晚饭后总是会出门散步。据证实，警察打电话来的时候，大约是刚过十一点，他还没有返回家中。由于他总是走一条固定路线，搜索队很快就找到了他的尸体。他因后脑受到重击而死。

一本打开的 ABC 列车时刻表封面朝上放在他的尸体上。

我们大约八点钟到了康比赛德（这幢房子的名字）。给我们开门的是一个上了年纪的男管家，他颤抖的双手和不安的神情表明这个悲剧给他造成了沉重的打击。

“早上好，德夫里尔。”警官说。

“早上好，韦尔斯先生。”

“这几位先生是从伦敦来的，德夫里尔。”

“这边请，先生们。”他领着我们走进一间长长的餐厅，早餐已经摆好了，“我去叫富兰克林先生。”

一两分钟后，一个身材高大、皮肤晒得黑黑的金发男子走了进来。

此人是富兰克林 · 克拉克，死者唯一的弟弟。

他行事果敢，很能干，擅长应对突发事件。

“早上好，先生们。”

韦尔斯警督为他一一做了介绍。

“这位是英国刑事调查局的克罗姆警督，这位是赫尔克里 · 波洛先生，还有，呃，黑特尔先生。”

“黑斯廷斯。”我冷冷地予以纠正。

富兰克林 · 克拉克同我们每个人轮流握手。每一次握手都辅以富有洞察力的目光。

“我请你们用早餐吧。”他说，“我们可以边吃边聊。”

没听到任何反对的声音，很快，我们就开始享用美味的鸡蛋、培根和咖啡了。

富兰克林·克拉克说："韦尔斯警督已经把昨晚的大致情况告诉我了——不过，我要说，这大概是我听过的最疯狂的故事之一。克罗姆警督，难道我真的要相信，我可怜的哥哥死于杀人狂之手吗？而且这已经是第三起谋杀案，每次凶手都会把一本ABC列车时刻表放在尸体旁边？"

"情况大致如此，克拉克先生。"

"但这是为什么呢？即使开动最病态的想象力，我还是搞不懂凶手犯下这样的罪行，究竟能得到什么好处呢？"

波洛点头表示同意。

"你说到点子上了，富兰克林先生。"他说。

"在这个阶段寻找动机没有多大用处，克拉克先生，"克罗姆警督说，"那是精神病医生的事——虽然可以说我对犯罪精神病学有一定的了解，但疯子作案的动机往往非常不充分。其实，罪犯渴望展现自己的个性，在公众中引起轰动——他想成为一个大人物，不甘心当一个无名之辈。"

"是这样吗，波洛先生？"

克拉克似乎不相信。克罗姆警督皱起眉头，似乎不认可他向长者求助的做法。

"千真万确。"我的朋友回答道。

"无论如何，这样的人是不会长时间逍遥法外的。"克拉克若有所思地说。

"你相信吗？啊，这些人很狡猾！而且，你必须记住，这种人通常很不起眼，属于那种经常会被人忽略甚至嘲笑的人！”

“你能告诉我一些情况吗，克拉克先生？”克罗姆突然打断他们的谈话。

“当然可以。”

“我猜，昨天你哥哥的身体和精神状况都很正常吧？他没收到什么莫名其妙的信？也没有什么事让他烦心吧？”

“没有。应该说，他和往常一样。”

“完全没有焦躁不安。”

“对不起，警督。我没这么说，焦躁不安才是我可怜哥哥的常态。”

“为什么会这样？”

“你们可能不知道，我的嫂子，克拉克夫人的健康状况很糟糕。坦率地讲，这是秘密，不要传出去，她得了癌症，不治之症，她活不了多久了。她的病情让我哥哥内心深受折磨。我不久前才从东方回来，看到他身上的变化，我非常惊讶。”

波洛插了一个问题。

“克拉克先生，假设有人发现你哥哥在悬崖下面中弹身亡——尸体旁放着一把左轮手枪，你的第一反应会是什么？”

“坦率地说，我会立刻下结论，认为这是自杀。”克拉克说。

“又是这样！”波洛说。

“什么意思？”

“历史重演，没什么大不了的。”

“无论如何不是自杀。”克罗姆的口气有些唐突无礼，“我想，克拉克先生，你哥哥习惯每天晚上出门散步。”

“是的。他一直有这个习惯。”

“每天晚上都出去吗？”

“哦，当然，只要不下倾盆大雨，他都会出去。”

“这个家里的每一个人都知道他有这个习惯吗？”

“当然了。”

“那外面的人呢？”

“我不太明白外面的人指的是谁，园丁是不是知道，我就不得而知了。”

“村子里面的人呢？”

“严格说来，这里没有村子。彻斯顿费勒斯那边有一个邮局和几间村舍——但没有村庄，也没有商店。”

“我猜，如果有陌生人在这附近转悠，很容易就会被发现吧？”

“恰恰相反。八月份这里闹哄哄的，会来很多外地人。每天都会有人乘坐公交车、开私家车或者步行从布里克瑟姆、托基和佩恩顿到这里来。那边的布罗德桑兹，”他用手指着所在的方向，“是一片非常受欢迎的沙滩，埃尔布里湾也一样——那是一个很著名的景点，人们去那边玩，在那儿野餐。真希望他们别来！你不知道六月和七月初这里是多么的美丽宁静！”

“所以，你觉得没人会注意到一个陌生人？”

“除非他看上去——精神不正常。”

“这个人不会看起来精神不正常的。”克罗姆的语气很肯定，“你明白我的意思，克拉克先生。这个人肯定事先侦察过地形，发现你哥哥有每晚散步的习惯。顺便问一句，我猜，昨天没有什么陌生人到家里来找过卡迈克尔爵士吧？”

“据我所知没有，不过，我们可以问一下德夫里尔。”

他按了一下铃，把这个问题抛给了老管家。

“没有，先生，没有人来找过卡迈克尔爵士。我没注意到有什么人在房子附近转悠，女仆们也没看见，我已经问过她们了。”

管家等了一会儿，问道：“就这样吗，先生？”

“是的，德夫里尔，你可以走了。”

管家退到了门边，以便让一位年轻的女士通过。

见她走进来，富兰克林·克拉克站起身。

“这位是格雷小姐，先生们。我哥哥的秘书。”

我的目光立刻被这个姑娘吸引了，她非凡的美貌属于典型的斯堪的纳维亚风格，金色的头发几乎接近无色，浅灰色的眼睛，肤色白皙到透明，这些相貌特征通常只有挪威人和瑞典人才有。她的年龄在二十七岁上下，她本身给人的印象是既赏心悦目，又不缺乏工作能力。

“我能帮你们什么忙吗？”她说着坐下来。

克拉克给她端来一杯咖啡，但她拒绝吃任何东西。

“你是不是负责处理卡迈克尔爵士的信件？”克罗姆问。

“是的，所有信件。”

“我猜他从未收到过落款是 ABC 的信？”

“ABC？”她摇了摇头，“没有，我确定他没有收到过。”

“他有没有提过最近晚上出去散步的时候，看到有人在这附近转悠？”

“没有。他从来没提过这种事。”

“你有没有注意到有陌生人？”

“没见过什么人在这附近转悠。当然，每年这个时候都会有很多人来这边闲逛。我们经常碰到一些人漫无目的地散步，穿过高尔夫球场，或沿着小路走向海边。实际上，每年的这个时候见到的每一个人都是陌生人。”

波洛若有所思地点点头。

克罗姆警督让他们带路去卡迈克尔爵士晚上散步的地方看一看。富兰克林·克拉克带着我们穿过落地长窗，格雷小姐也陪我们一起去。

她和我稍稍落在其他人后面。

“对你来说，这一切肯定是可怕的打击。”我说。

“令人难以置信。昨天晚上警察打电话来的时候，我已经上床休息了。我听见楼下有人说话，便出来问出了什么事。德夫里尔和克拉克先生提着灯笼正要去……”

“通常卡迈克尔爵士散步回来是几点？”

“大约是十点差一刻。他经常从侧门进来，有时候直接上床睡觉，有时候去陈列收藏品的画廊看一眼。所以，多亏警察局打来电话，否则我们直到第二天早晨去叫他时，才会知道他失踪了。”

“对他太太来说必定是个沉重的打击吧？”

“克拉克夫人靠大量吗啡维持生命。我想，她头晕目眩，意识不到身边发生了什么事。”

我们穿过花园的大门来到高尔夫球场。从球场的一个角落转弯，踏过阶梯，走进一条陡峭蜿蜒的小路。

“这条路通向埃尔布里湾，”富兰克林·克拉克解释道，“但两年前新修了一条路，从主路通向布罗德桑兹，然后再到埃尔布里湾，所以，现在这条小路基本上已经废弃不用了。”

我们沿着小路继续走。小路下面还有另一条小道直达海边，那条小道两边长满了荆棘和欧洲蕨。突然间，我们置身于一道青草葱郁的山脊，从这里可以俯瞰大海和一片布满熠熠闪光的白色卵石的海滩。四周墨绿色的树林一直延伸到海边。这个地方的景色很迷人——白色、深绿色，还有一大片蔚蓝色。

“真美啊。”我惊呼道。

克拉克热切地转向我。

“可不是吗？我们英国有这么美的风景，有的人却偏要出国去里维埃拉[①]！我年轻的时候周游世界，向上帝发誓，我从来没见过比这里更漂亮的地方。”

接着，他有些不好意思，觉得自己太激动了，于是换了一种平实的口吻，说：

“这就是我哥哥每天晚上散步的地方。他一直走到这里，然后返回那条小路，向右转，而不是向左转，再穿过农场和田野，回到家里。”

我们继续向前走，一直走到田野中部、树篱旁的一个地方，尸体就是在那里被发现的。

克罗姆点点头。

“很简单。那个人当时就站在这边的树影里。你哥哥觉察不到任何东西，直到遭到袭击。”

我身边的女孩打了个寒战。

富兰克林·克拉克说：

“挺住，托拉。确实很残忍，但逃避现实没有用。”

托拉·格雷——这个名字很适合她。

我们回到克拉克家，警方拍完照后，把尸体运回了家。

我们正沿着宽大的楼梯向上走时，医生从一个房间里走出来，手里拎着一个黑色的包。

①南欧沿地中海地区。

“有什么要告诉我们的吗，医生？”克拉克询问道。

医生摇了摇头。

“这个案子简单极了。我会把专业术语留到讯问的时候。总之，他没受什么罪，应该是瞬间死亡的。”

他走开了。

“我要去看看克拉克夫人。”

一位护士从走廊更远处的一个房间里走出来，医生走过去，与她同行。

我们走进医生刚刚出来的那个房间。

我很快就出来了，托拉·格雷仍然站在楼梯口。

她一脸怪异惊恐的表情。

“格雷小姐——”我停下来，“你怎么了？”

她看着我。

“我在想，”她说，“那个D。”

“D？”我傻傻地盯着她。

“是的。下一次谋杀。我们必须做点儿什么。必须阻止这种事。”

克拉克也跟了出来。

他说：

“必须阻止什么，托拉？”

“这些可怕的谋杀。”

“对。”他的下巴猛地一扬，“我想找时间和波洛先生聊聊……克罗姆能行吗？”他的话出人意料。

我回答说，克罗姆应该是个非常聪明的警官。

我的语气可能不够热情。

“见鬼，他的态度真讨厌。”克拉克说，“以为自己什么都懂，他懂什么？我看，他什么都不懂。”

他沉默了一会儿，然后说：

“波洛先生值得我花钱。我有个计划，不过，我们稍后再谈这件事。”

他穿过走廊，轻敲医生所在的房间的门。

我迟疑了一会儿。姑娘盯着前方。

“你在想什么，格雷小姐？”

她把目光转向我。

“我在想，他在哪里……我指的是那个凶手。案发还不到十二个小时……哦，难道没有人有透视眼吗，可以看到他在哪里，正在做什么……”

“警察们正在搜查——”我刚开口说。

我的陈词滥调打破了魔咒。托拉·格雷打起精神来。

“是的，”她说，“当然。”

她也下了楼。我又在原地站了一会儿，细细体会她说的话。

ABC……

他在哪里？

第十六章　并非黑斯廷斯上尉的个人叙述

亚历山大·波拿巴·卡斯特刚刚看完一部令人动情的电影《不识燕雀》，随着观众一起走出托基的雅典娜剧院……

他走入午后的阳光中，眨了几下眼睛，像迷途的狗一样四处张望了一下，而这恰好是他的处境。

他小声自言自语道："这个主意不错……"

报童从他身边经过，嘴里喊着：

"最新消息……彻斯顿杀人狂……"

他们手里拿着的布告上写着：

彻斯顿谋杀案 最新消息

卡斯特先生把手伸进口袋里，摸出一枚硬币，买了份报纸。他没有立刻翻开来看。

他走进王妃花园，又慢慢走到面向托基港的一个隐蔽处，这才坐下来翻开报纸。

文章的大标题是：

卡迈克尔·克拉克爵士遇害
彻斯顿惨剧
杀人狂所为

标题下面写的是：

就在一个月前，贝克斯希尔有一个叫伊丽莎白·巴纳德的女孩遇害了，此案震惊了全英国。要记住，此案提到了一本ABC列车时刻表。卡迈克尔·克拉克爵士的尸体旁也发现了一本ABC，警方倾向于认定两起谋杀案系一人所为。这个杀人凶手是否有可能正绕着我们的海滨度假地作案呢？

……

一个穿法兰绒长裤和亮蓝色埃尔特克斯牌衬衫的年轻人坐到卡斯特先生身边，他评说道：

"无耻的勾当，哈？"

卡斯特先生心里一惊。"哦，非常……非常……"

年轻人注意到他的手抖个不停，都快拿不住报纸了。

"永远也想不到疯子会做出什么事，"年轻人和他闲聊起来，"他们看起来不总是疯疯癫癫的，你知道，通常，他们和你我一样。”

“我想，他们看上去就是疯疯癫癫的。”卡斯特先生说。

“这是事实。有时候是战争造成他们精神错乱——从那以后，他们就不正常了。”

“我，我希望你是对的。”

“我不赞成战争。”年轻人说。

卡斯特突然发起反击。

“我不赞成瘟疫、昏睡症、饥荒和癌症……但它们照样会发生！”

“战争是可以阻止的。”年轻人言之凿凿。

卡斯特先生大笑起来，笑了好一会儿。

年轻人面露惊慌之色。

“这个人有些反常。”他寻思道。

他大声说：

“对不起，先生，我猜你打过仗吧。”

“是的，”卡斯特先生说，“它，它一直困扰着我。从那时开始，我的头就不对劲。你知道，头疼，疼得厉害。”

“哦！不好意思。”年轻人尴尬地说。

“有时候我甚至不知道自己在干什么……”

“真的吗？哦，我得走了。”年轻人说完匆忙离去。他知道人一旦说起自己的健康状况就没完没了。

现在只剩下卡斯特先生和他的报纸了。

他把那篇报道读了一遍又一遍……

人们在他面前走来走去。

大部分人都在谈论谋杀案……

“太可怕了……你觉得和那个中国人有关吗？不会是那个中餐馆的服务员……”

“其实是在高尔夫球场上……”

“我听说是在海滩上……”

“——亲爱的，我们昨天还在埃尔布里喝过茶……”

“——警察肯定会抓住他……”

“——听说随时能逮捕他……”

“——他很可能在托基……另一个被杀的女人叫什么来着……”

卡斯特先生叠好报纸，把它放在座位上，然后站起身，镇静地走向小城。

姑娘们从他身边走过，穿着白色、粉红色和蓝色的太阳裙、宽长裤和短装。有的姑娘哈哈大笑，有的咯咯地笑。她们用目光品评着身边经过的男人。

她们的目光没在卡斯特先生身上停留哪怕一秒钟。

他在一张小餐桌旁坐下来，点了茶和德文郡奶油……

第十七章　标记时间

卡迈克尔·克拉克爵士遇害后，ABC 谜案突然引起了全方位的关注。

报纸上全是关于这个案子的新闻。据报道，警方发现了各种各样的“线索”。声称凶手即将落网。登出了各种与谋杀案关系甚微的人和地点。只要愿意接受采访的人都被采访到了。还向议会就本案提了问题。

安德沃尔谋杀案现在也与另外两个案子相提并论了。

苏格兰场相信，最全面的曝光能造成抓获凶手的最佳机会。全体大不列颠人俨然变成了一支业余侦探大军。

《每日闪耀》报灵感大发，用了如下的标题：

他可能就在你的城镇！

当然，波洛先生身处炮火中心。那些寄给他的匿名信被复制发表。人们对他展开大规模的攻击，骂他不能阻止犯罪；也有人为他辩护，理由是他马上就会说出凶手的名字。

记者对他纠缠不休，要求采访他。

波洛先生今日所言

后面总会跟着半个栏目的蠢话。

波洛先生就目前的形势阐述重要见解。

波洛先生成功在即。

黑斯廷斯上尉，波洛先生的挚友向我刊特派代表透露……

“波洛，”我总会大喊，“请你相信我，我从来没说过那种话。”

我的朋友则会亲切地回答：

“我知道，黑斯廷斯，我知道。说和写之间隔着一道惊人的鸿沟，他们总是篡改被采访者的原意。”

“我不想让你以为我说过……”

“别担心。这一切都无关紧要。这些愚蠢的行为甚至可能会对我们有帮助。”

“怎么帮助？”

“是这样的，”波洛语气严肃地说，“如果那个疯子看到今天《每日趣事》上那些被认为是我说的话，他就再也不会把我这个对手放在眼里了！”

也许我给大家留下的印象是案件调查没有任何实质进展。实际上，苏格兰场和各郡县的地方警察局都在不知疲倦地追踪最细小的线索。

旅馆、出租屋和寄宿公寓的管理者们，所有本案能辐射到的广阔范围内的人均受到细致的盘查。

人们的想象力丰富极了，比如有人说他“见过一个长相古怪的人眼睛骨碌碌乱转”，有人说“注意到一个凶巴巴的男人鬼鬼祟祟地溜走”。数百个故事经过严格的筛选。任何一条信息，哪怕是最含混不清的也没有被忽视。火车、公交车、有轨电车、铁路搬运工、售票员、书报摊、文具店老板——警方坚持不懈地对他们展开一轮轮的盘问和验证。

至少有二十个人被扣留，不得不交代案发当晚的行踪，直到警方满意为止。

最终结果并非一片空白。某些也许有价值的陈述被牢记并记录下来，但如果没有进一步的证据，也都无济于事。

如果说克罗姆和他的同事们不知疲倦，那么在我看来，波洛就是异常懒散。我们会时不时地争吵。

“你想让我做什么，我的朋友？常规查问方面警察比我做得好。你总是，总是让我像狗一样跑来跑去。”

“相反，你坐在家里，就像是……就像是——”

“一个明智的人！黑斯廷斯，我的能力在于我的大脑，而不是我的双脚！你以为我无所事事，其实我一直在沉思。”

“沉思？”我叫道，“这是沉思的时候吗？”

“是的，绝对是。”

“沉思又能有什么收获呢？你已经把这三个案子的情况牢记在心了。”

“我思考的不是案情，而是凶手的心理。”

“疯子的心理。”

“对。所以无法立刻下结论。当我知道凶手是什么样子的时候，我就能找出他是谁了。这段时间我了解的情况越来越多。安德沃尔谋杀案发生后，我们对凶手有哪些了解？几乎一无所知。贝克斯希尔凶案发生后呢？了解的情况多了一点儿。彻斯顿凶案后呢？更多了。我看到了并非是你想看到的一张脸的轮廓和外形，而是一种心理轮廓。一种朝着某些确定的方向移动和运转的心理活动。下一场凶案发生后——”

“波洛！”

我的朋友平心静气地看着我。

“是的，黑斯廷斯，还会有一起谋杀案，这几乎确定无疑了。很大程度上取决于机会。迄今为止，这个陌生人运气很好。这一次，运气也许会背叛他。反正，下一次案发后，我们能了解到更多的情况。他的罪行会让真相暴露。无论你如何尝试并改变方法，你的品位、你的习惯、你的思维模式、你的灵魂都会通过行动体现出来。有的迹象令人迷惑——有时，就像有两种智力在工作——但很快轮廓就会自动清晰起来，我会知道的。”

“会是谁呢？”

“不，黑斯廷斯，我不会知道他的姓名和地址！我会知道他是哪一类人……”

“然后呢？”

“然后我就去钓鱼。”

我一脸疑惑，他继续说：

“你明白，黑斯廷斯，一个经验丰富的钓鱼者很清楚用什么样的假蝇喂什么样的鱼。我要给他正确的鱼饵。”

“然后呢？”

“然后呢？然后呢？你和那个傲慢的、没完没了地说‘哦，是吗？’的克罗姆一样糟糕。好吧，然后他会吞饵上钩，我们就转轮收线……”

“与此同时，到处都有人在失去生命。”

“三个人。每个星期，怎么讲——大约有一百二十个人死于交通事故。”

“完全不是一码事。”

“对死者而言可能没多少差别。但对其他人来说，亲戚、朋友什么的，是的，确实不是一码事，但这个案子里至少有一件事令我欣喜。”

“务必让我们听听有什么事能令你如此欣喜。”

“挖苦我也没有用。令我欣喜的是，无辜者不会因为内疚而悲痛。”

“这不是更糟糕吗？”

“不，不，绝对不是！没有什么比生活在一个怀疑的氛围里更糟糕的了——一双双眼睛注视着你，心中的爱变成了恐惧，没有什么比怀疑亲近的人更糟糕了。这种怀疑是有毒的，是一种瘴气。不，没有对无辜者生命的毒害，我们不会将此归咎于 ABC。”

“你很快就会给那个家伙找借口了！”我愤愤地说。

“为什么不呢？他可能认为自己的行为是正当合理的。最后我们可能会同情他的观点。”

“真的吗，波洛！”

“哎呀！我吓着你了。先是我的惰性，然后是我的观点。”

我摇摇头，没有作答。

过了一两分钟后，波洛说：“不过，我有一个可以让你高兴的计划——因为这个计划是积极的，不是消极的。而且，需要大量的谈话，几乎不用思考。”

我不太喜欢他的口气。

“什么计划？”我谨慎地问。

“把受害人的朋友、亲戚和仆人们知道的所有情况都提炼出来。”

“这么说，你怀疑他们有所隐瞒？”

“他们并非故意要隐瞒什么。但是你知道，说出一切往往意味着选择。如果我对你说，把你昨天做过的事跟我复述一遍，你可能会回答：‘我九点钟起床，九点半吃早餐，我吃的是鸡蛋和培根，喝了咖啡，又去了俱乐部，等等。’你的回答里不会包括：‘我把指甲弄断了，不得不剪掉它。打电话订购剃须水。我不小心把咖啡洒在桌布上了。我把帽子刷了，并把它戴上。’没有人会说出一切。因此，必须做出选择。面对谋杀案时，人们会选择自认为重要的东西。但他们的想法往往是错误的！”

“怎么才能获得正确的东西呢？”

“就像我刚才说的那样，仅仅通过谈话就行。通过聊天！通过谈论某个事件，某个人，或某一天，反复地讨论，额外的细节肯定会浮出水面。”

“什么样的细节？”

“当然是我以前不知道或者不想去发现的细节。但过了这么长时间，普通的事物也会重新呈现出价值。三起谋杀案中没有一个事实或一句话与案件有关，这一点违背所有的数学规律。琐碎的事件和琐碎的话语中肯定存在一条线索！我承认，这就好比大海里捞针——但大海里确实有针，我对此深信不疑！”

我觉得这个想法太模糊不清、云山雾罩了。

“你还不明白？你还不如一个女仆机智。”

他扔给我一封信，笔迹工工整整，是用一种倾斜的公立小学学生的字体写的。

亲爱的先生，

希望你能原谅我冒昧给你写信。自从可怜的姨妈遇害后，又发生了两起可怕的类似的谋杀案，这之后我想了很多。看来，我们都在同一条船上。我在报纸上看到了那个姑娘的照片，我是说，那个姑娘是那个在贝克斯希尔被杀的姑娘的姐姐。我斗胆给她写了一封信，告诉她我要来伦敦谋职，问她我能否为她或者她母亲做事，因为正如我说过的那样，两个脑袋总要强过一个脑袋，我不要太多的工资，我只是想查出那个恶魔是谁，如果我们能把自己知道的情况都说出来，也许会对调查有利，没准儿还能查出真相。

那个姑娘很友好，给我回了信，她告诉我她在办公室工作，住在旅社里。不过，她建议我写信给你，她还说，她也一直在思考类似的问题。她说，我们遇到了同样的困难，应该团结一致。所以，我就写信给你了，告诉你我要来伦敦，这是我的地址。

希望我没有打扰你。

玛丽·德劳尔

敬上

“玛丽·德劳尔，”波洛说，“是个非常聪明的姑娘。”

他拿起另一封信。

“读读这封吧。”

这封短信是富兰克林·克拉克写来的，他说他要到伦敦来，如果没什么不方便的话，他会在第二天拜访波洛。

“不要绝望，我的朋友，”波洛说，“行动马上就要开始了。”

第十八章　波洛发表演讲

富兰克林·克拉克是第二天下午三点钟到的，他没有转弯抹角，而是直奔主题。

“波洛先生，”他说，“我不满意。”

“不满意吗，克拉克先生？”

“我毫不怀疑克罗姆是一个有能力的警官，但坦白说，他让我很生气。他总是一副比谁都明白的架势！在彻斯顿那会儿，我向你朋友暗示过我的一些想法，但我哥哥那边有很多事需要了结，所以一直忙到现在。我的想法是，波洛先生，我们必须抓紧时间行动……”

“黑斯廷斯也一直这么说！”

“那就抓紧时间干吧。我们要为下一次谋杀做好准备。”

“看来你认为会有下一次谋杀？”

“你不这么认为吗？”

“当然。”

“那很好，我想安排一下。”

“告诉我，你到底是怎么想的。”

“波洛先生，我建议组成一个特别小组，由你来指挥，这个小组由受害人的朋友和亲戚组成。”

“好主意。”

“我很高兴你同意了。我觉得，通过群策群力，我们总能发现点儿什么。此外，等我们再次接到警告时，我们当中的某个人可以立即赶赴案发地点，并不是说一定会怎么样，但至少我们能辨认出某个在上一次案发地点附近出现的人。”

“我明白你的意思，我也赞同，但你别忘了，克拉克先生，其他受害者的亲戚和朋友并不在你的生活圈子里。他们各自都有工作，即使可以放一个短假——”

富兰克林·克拉克打断了他的话。

“确实如此。我是唯一能承担费用的人。我本身并不是很有钱，但我哥哥留下了丰厚的遗产，最终的受益人是我。正如我所说，我建议组成一个特别小组，加入这个小组的成员将获得和平日相同的酬劳，当然，还有额外的费用。”

“你建议由哪几个人组成？”

“我已经着手办这件事了。事实上，我给梅根·巴纳德写了信——其实，这主意部分来自她。我建议我自己、巴纳德小姐、同那个死了的姑娘订婚的唐纳德·弗雷泽先生，还有一个是安德沃尔那个老夫人的外甥女——巴纳德小姐知道她的地址。我不认为那个老太太的丈夫会对我们有什么用，我听说他经常喝醉。我还认为，巴纳德夫妇——巴纳德小姐的父母岁数有些大，不适合参与积极的行动。”

“没有别人了吗？”

“呃，还有，格雷小姐。”

说出这个名字时，他的脸微微泛红。

“哦！格雷小姐？”

全世界没有谁比波洛更擅长在区区几个字中加入微妙的讽刺了。富兰克林·克拉克仿佛一下子年轻了三十五岁。他突然变成了一个羞涩的小男生。

“是的。你知道，格雷小姐已经在我哥哥身边工作两年多了。她熟悉乡下的环境，周围的人，熟悉那里的一切。毕竟我离开了一年半。”

波洛可怜他，于是换了个话题。

“你在东方生活过？是在中国吗？”

“是的。我到处奔走，为我哥哥采购物品。”

“一定非常有趣。好的，克拉克先生，我非常赞同你的主意。我昨天还跟黑斯廷斯说过，我们需要和相关的人建立友好的关系。需要共用回忆，交换意见，反复讨论——谈话、谈话、再谈话。没准儿一句天真的话就能让我们从中获得启发。”

几天后，这个特别小组的成员在波洛家碰面。

他们坐成一圈，顺从地望着波洛，波洛则像个董事会主席一样在主位就坐。我从他们身边走过，观察他们，确认并修正他们给我的第一印象。

三个姑娘都很引人注目——金发白皙的托拉·格雷美若天仙；梅根·巴纳德肤色黝黑，那张如北美印第安人一般特别的脸一动不动；玛丽·德劳尔穿了一身黑色套装，整洁干练，她有一张漂亮又聪明的脸。两个男人当中，富兰克林·克拉克身材高大，皮肤呈古铜色，很健谈；唐纳德·弗雷泽则沉默寡言，非常安静，二人形成有趣的对照。

波洛当然无法抗拒这个机会，讲了一小段话：

“女士们，先生们，你们都很清楚来此地的原因。警方正尽力追捕案犯，我呢，也在以不同的方式调查。但是，在我看来，将此案关乎他们私人利益的人，也可以说，将对受害者有亲身了解的人聚在一起，也许会获得外部调查所无法获取的结果。

“凶手杀了三个人—— 一个老妇人，一个年轻的姑娘和一个上了年纪的男人。只有一样东西将他们三个联系在一起，那就是杀害他们的是同一个人。这意味着同一个人曾经出现在三个不同的地点，肯定有很多人见过他。不言而喻，这个疯子的躁狂症已经到了晚期；然而，他的外表和行为却无迹可查，这个事实也同样确定无疑。尽管我说的是他，但不要忘了，这个人既可能是男人，也可能是女人——他具备所有恶魔的疯狂和狡诈。目前为止，他成功掩盖了自己的蛛丝马迹。警方掌握了一些模糊的迹象，但无法据此采取行动。

“尽管如此，一定还存在某些确定的、不模糊的迹象。比方说有一点，这个凶手并非是半夜抵达贝克斯希尔，然后轻而易举地在海滩上找到了一个名字以B字母开头的姑娘——”

“我们必须探究这一点吗？”

说话的是唐纳德·弗雷泽，这些话似乎是被某种内心的痛苦从身体里挤出来的。

“我们必须探究一切，先生。”波洛说着转向他，“你来这里的目的不是为了通过拒绝回忆细节来让自己的情感不受伤害，而是在必要的时刻通过深入探究来折磨它。就像我说的那样，并不是机遇给ABC提供了贝蒂·巴纳德这个受害人。他肯定经过了慎重的挑选，所以说，他是有预谋的。也就是说，他事先侦察过地形。他知道了一些情况，比如在安德沃尔作案的最佳时间、贝克斯希尔的周边情况、彻斯顿的卡迈克尔·克拉克爵士的生活习惯。在我个人看来，我不相信没有任何可以帮助我们确认凶手身份的迹象或最细微的线索。

“我臆断，你们当中的某个人或者所有人，知道一些自认为不知道的事。

“由于你们之间的相互联系，有些东西迟早会显露出来，呈现出一种你们做梦也没有想到的意义。这就好比玩拼图游戏，你们每个人手里拿的拼块看似毫无意义，但当你们把它们组合在一起的时候，却发现整个画面的某个部分会显现出来。”

“言辞！”梅根·巴纳德说。

“嗯？”波洛好奇地看着她。

“你刚才说的全是空洞的言辞，没有任何意义。”

她的语气中包含着一种不顾一切的张力，我早就把这一点和她的个性联系起来了。

“言辞，小姐，只是思想的外衣。”

“呃，我认为是理性。”玛丽·德劳尔说，“小姐，我真的这样认为。人们似乎经常在讨论的时候看清问题的本质。当你做出判断的时候，连你自己可能都不知道是怎么回事。谈话会以各种各样的方式引出很多东西。”

“如果真的是‘少说为妙’，那么，这一点与我们来此的目的恰恰相反。”富兰克林·克拉克说。

“你怎么看，弗雷泽先生？”

“我怀疑你说的那些话的实用性，波洛先生。”

“你是怎么想的，托拉？”克拉克问。

“我认为讨论的原则总是正确的。”

波洛建议道：“你们重温一下案发前的情况怎么样？克拉克先生，从你开始吧。”

“让我想想，卡迈克尔遇害那天的上午我去航海了。

捕到了八条鲭鱼。海湾风景很美。在家里吃了午饭。我记得吃的是爱尔兰炖菜。我在吊床上睡了一觉。喝了茶。写了几封信，错过了邮递时间，于是开车去佩恩顿寄信。然后吃了晚餐——没什么不好意思说的，我又把一本伊迪丝·内斯比特写的书拿起来读了读，我从小就喜欢这位女作家。然后电话铃响了——”

“还有进一步的情况。克拉克先生，你现在回想一下，那天早晨去海边的路上遇到什么人没有？”

“遇到了很多人。”

“你能记起他们的情况吗？”

“现在什么都不记得了。”

“你确定吗？”

“呃，让我想想，我记得有一个特别胖的女人——她穿了条纹的丝绸裙子，当时我还纳闷她怎么穿成这样，她还带着两个小孩——海滩上还有两个年轻人和一条猎狐梗，他们扔石头让它追。哦，对了，还有一个黄头发的女孩，一边游泳，一边尖叫。真奇怪，全都想起来了，就像冲洗一张照片。”

“说得好。现在说说那天晚些时候——在花园里，还有去邮局的情形——”

“园丁浇花……去邮局？我差点儿撞上一个骑车的人，那个蠢女人摇摇晃晃，冲着她的一个朋友大叫。恐怕就这么多了。”

波洛转向托拉·格雷。

“格雷小姐？”

托拉·格雷用自信的语气清楚地回答。

“上午我处理了卡迈克尔爵士的信件——见过女管家。下午嘛，我想，我写了几封信，做了一会儿针线活儿。真的很难回想起什么。那是一个很普通的日子，我很早就上床歇息了。”

令我感到相当惊讶的是，波洛没有继续问下去。他说：

“巴纳德小姐，你能回想起最后一次见到你妹妹时的情形吗？”

“大概是在她死前两周。我回家过周末。那天的天气很好。我们去了黑斯廷斯的游泳池。”

“你们主要谈了些什么？”

“我责备了她一番。”梅根说。

“还有什么？她说了什么？”

女孩皱起眉头努力回忆。

“她谈到缺钱——刚买了一顶帽子和两条夏天穿的连衣裙。聊了会儿关于唐的事……她还说她不喜欢米莉·希格利，那个在咖啡馆工作的女孩。我们嘲笑了一番咖啡馆女老板梅里恩……别的我就想不起来了……”

“她没提过她要见什么男人吗？请原谅，弗雷泽先生。”

“这种事她是不会告诉我的。”梅根冷冰冰地说。

波洛转向那个红头发、方下巴的年轻人。

“弗雷泽先生，我希望你能把思绪拉回过去。你说过，案发当晚你去过咖啡馆。你本来想等在那里，看着贝蒂·巴纳德从里面走出来。在等她的那段时间里，你注意到什么人了吗？”

“很多人在海边走来走去。我不记得有什么特别的人。”

“对不起，你是在努力回忆吗？无论你多么心事重重，眼睛都会不自觉地注意到什么，不需要动脑子，但相当准确……”

年轻人固执地重复道：

“我什么人也不记得了。”

波洛叹了口气，转向玛丽·德劳尔。

“我猜你收到过姨妈的信？”

“哦，是的，先生。”

“最后一封信是什么时候收到的？”

玛丽想了一会儿。

“凶案发生前两天，先生。”

“信上写了什么？”

“她说那个老魔鬼那段时间经常去骚扰她，她把他骂跑了。她还说希望我星期三过去——那天我放假，先生。她说我们可以一起去电影院，那天正好是我的生日，先生。”

也许是因为想到庆祝生日，玛丽突然泪水盈眶，她吞声忍泣，表示了歉意。

“请原谅，先生。我不想做蠢事。哭也没有用。只是想到她，还有我，本来盼望一起吃顿饭。总之，我很难过，先生。”

“我很明白你的感觉，”富兰克林·克拉克说，“让我们难过的往往是小事，特别是一顿饭，或者一件礼物，那些很快乐、很自然的事。我记得有一次眼睁睁地看着一个女人被汽车碾过去。她刚买了一双新鞋。我看着她躺在那里，破了的包裹里露出那双可笑的小高跟拖鞋。我心里一惊，那双鞋看上去是那样凄惨。”

梅根突然以一种急切的热情说：

“的确如此，你说得太对了。贝蒂死后也发生过同样的事。妈妈买了一双长筒袜想送给她做礼物——就是出事当天买的。可怜的妈妈，她完全崩溃了。我看见她抱着袜子哭。她不停地说：‘这是我给贝蒂买的，这是我给贝蒂买的，可是她连看都没看上一眼……’”

她的声音微微颤抖，身子前倾，直勾勾地盯着富兰克林·克拉克。他们之间突然产生了一种情感上的支持——那种患难的手足情。

“我明白，”他说，“我太明白了。就是这种东西想起来叫人难过。”

唐纳德·弗雷泽不安地挪动身体。

托拉·格雷转移了话题。

“我们难道不打算为将来做些计划吗？”

“当然了。”富兰克林·克拉克恢复了常态，“我想，等那个时刻到来的时候，也就是第四封信到的时候，我们应该携起手来。在那之前，我们可能要各自碰碰运气，我不知道波洛先生是否认为还有哪些要点值得重新调查一下。”

“我可以提几个建议。”波洛说。

“好，我记下来。”他拿出一个笔记本，“请讲吧，波洛先生，A——”

“我认为咖啡馆的那个女服务员，米莉·希格利，可能知道一些有用的情况。”

“A——米莉·希格利。”富兰克林·克拉克写下来。

“我的建议有两种处理办法。你，巴纳德小姐，可以尝试我所谓的攻势。”

“你认为这符合我的风格？”梅根冷冰冰地说。

“找碴和那个姑娘吵一架——说你知道她从来就没喜欢过你妹妹，你妹妹把她的一切都告诉你了。如果我没弄错的话，她肯定会反唇相讥。会把她对你妹妹的真实想法全部告诉你！这样某个有用的事实便会出现。”

“第二个方法是什么？”

“我能否向你提议，弗雷泽先生，对那个姑娘表示出兴趣？”

"有这个必要吗？"

"没有，没这个必要。这只是一种可能的探究方向。"

"我能试一下吗？"富兰克林问，"我的经验非常丰富，波洛先生。让我想想我能拿那个姑娘怎么办。"

"你还有自己的事要处理。"托拉·格雷愤怒地说。

富兰克林的脸沉下来一点儿。

"是的，"他说，"我有。"

"况且，我认为暂时你也没什么可做的，"波洛说，"格雷小姐呢，她更适合——"

托拉·格雷打断了他的话。

"你知道，波洛先生，我已经离开德文郡了。"

"啊？我以前不知道。"

"格雷小姐人很好，她留下来是为了帮我整理一些东西。"富兰克林说，"不过，当然了，她更喜欢在伦敦找份工作。"

波洛尖锐的目光看看这个，又看看那个。

"克拉克夫人怎么样了？"他询问道。

我正在欣赏托拉·格雷脸上淡淡的红晕，几乎没听到克拉克的回答。

"很不好。顺便说一句，波洛先生，你能不能抽时间去德文郡看望她一下？在我走之前，她向我表达了想要见到你的愿望。当然，她不能连续两天见人，不过，如果你愿意冒这个险的话，费用当然由我来出。"

“当然可以，克拉克先生。后天怎么样？”

“好。我会通知护士，她会按照安排准备麻醉药。”

“至于你，我的孩子，”波洛说着转向玛丽，“我想你在安德沃尔会干得不错。试试和孩子们聊一聊。”

“孩子？”

“是的。孩子不愿意和生人说话。但你姨妈那条街上的人都认识你。很多孩子在那附近玩耍。他们可能注意到了有谁出入过你姨妈的商店。”

“那格雷小姐和我呢？”克拉克问，“也就是说，如果我不去贝克斯希尔的话。”

“波洛先生，”托拉·格雷说，“第三封信上盖的是哪儿的邮戳？”

“是普特尼，小姐。”

她若有所思地说：“SW15 区，普特尼，对不对？”

“说来奇怪，报纸上居然印对了。”

“这也许意味着 ABC 是伦敦人。”

“表面上看来，是的。”

“我们应该能吸引他的注意，”克拉克说，“波洛先生，我登一则广告怎么样？写这样几行字：ABC。紧急。H.P. 你的行踪已被密切监视。用一百英镑交换我的沉默。X.Y.Z. 再简略不过了——不过，你明白是什么意思。这也许能吸引他的注意。”

“这也是一个可供选择的办法，是的。”

“可能会诱使他袭击我。”

“我认为这么做很危险，也很愚蠢。”托拉·格雷严厉地说。

“你认为如何，波洛先生？”

“尝试一下也无妨。我个人认为 ABC 太狡猾了，不会回应。”波洛微微笑了一下，说，“我看出来了，克拉克先生，如果我这么说不冒犯你的话，你内心还是个孩子。”

富兰克林·克拉克看上去有些尴尬。

“好吧，”他一边说，一边查阅笔记本，“我们开始了。

“A——巴纳德小姐和米莉·希格利。

“B——弗雷泽先生和希格利小姐。

“C——安德沃尔的小孩。

“D——广告　。

“我觉得这些都没有用，不过等待的过程中总要有些事做。”

他站起身来，过了几分钟，大家各自散去。

第十九章　途经瑞典

波洛回到座位上坐下，嘴里哼着小曲。

“可惜她太聪明了。”他嘟囔道。

“谁？”

“梅根·巴纳德。梅根小姐。‘言辞’，她脱口而出。她立刻就明白了我说的话毫无意义。其他人全上当了。”

“我觉得似乎有道理。”

“似乎有道理，对。这就是她的感觉。”

“你当时说的难道不是真心话吗？”

“本来可以用一句话概括。但我即兴重复了很多遍，这一点只有梅根小姐意识到了。”

“但你为什么要这么做呢？”

“好吧——为了让大家行动起来！给所有人灌输一种印象，还有事情要做！也许可以这么说，为了开始谈话！”

“你不认为这些调查方向能有什么结果吗？”

“哦，永远有可能。”

他咯咯笑了起来。

“在悲剧中间，我们开始了喜剧。是不是这样？”

“你什么意思？”

“人性戏剧，黑斯廷斯！你思考一分钟。一个共同的悲剧让三组人坐到了一起。紧接着，第二部戏就开场了——就在眼前。你还记得我在英国办的第一个案子吗？哦，那已经是很多年前的事了。我用简单的办法让两个相爱的人和解——将其中一个以谋杀罪名逮捕！没有比这更简单的方法了！在死亡中求生存，黑斯廷斯……我发现，谋杀是个伟大的媒人。”

“真是这样，波洛，”我惊呼道，“我相信他们所有人想的都是——”

“哦！我亲爱的朋友。那你自己呢？”

“我？”

“对。他们离开后，你从门口回来的时候，难道嘴里不是哼着小曲吗？”

“哼小曲并不代表麻木不仁。”

“当然，不过，那个曲子告诉了我你的想法。”

“真的吗？”

“真的。哼小曲是很危险的。它会泄露一个人的潜意识。我想，你哼的那个曲子可以追溯到战争年代。那首歌是这样唱的——”波洛用一种讨厌的假声唱道：

“有时我爱深色头发的美人，

有时我爱金色头发的美人，
她从伊甸园来，途经瑞典。

“还有什么能比这更暴露真相吗？但我认为金色头发的美人要胜过深色头发的美人！”

“真的，波洛。”我叫道，脸有些红。

“这很自然。你有没有注意到，富兰克林·克拉克突然和梅根小姐达成了一致意见？他探过身去看她？还有，你发现没有，托拉·格雷小姐很生气？唐纳德·弗雷泽先生，他——”

“波洛，”我说，“你简直多情到无可救药。”

“我才不多情。多情的人是你，黑斯廷斯。”

我刚想跟他就这个问题激烈地辩论一番，但这时门开了。

令我惊讶的是，进来的人是托拉·格雷。

“请原谅，我又回来了。”她镇静自若地说，“不过，有些事我想告诉你，波洛先生。”

“当然，小姐。请坐吧。”

她坐下来，开口前犹豫了一分钟，像是在斟酌词句。

“是这样的，波洛先生。克拉克先生刚才很大方地让你相信我是自愿离开康比赛德的。他是一个非常和蔼忠诚的人。而实际上并非完全如此。我本来打算留下来——还有大量与收藏品有关的事情要做。实际上，是克拉克夫人希望我离开的！我可以体谅她的难处。她病得很重，脑子被药物搞糊涂了。她变得多疑、爱幻想。她对我的反感已经到了失去理智的程度，坚持要求我离开那个家。”

我不得不佩服这个姑娘的勇气。她没有像很多人那样试图掩盖真相，而是以令人钦佩的坦率直奔主题。我对她充满了钦佩和同情。

“你能来告诉我们这个真是太好了。”我说。

“了解实情总是更好的。”她微笑着说，“我不想躲在克拉克先生的骑士风度背后——他非常有骑士风度。”

她的话语里有温暖的光芒。她显然无比崇拜富兰克林·克拉克。

“你一向很诚实，小姐。”波洛说。

“这对我来说是个打击。”托拉伤心地说，“我不知道克拉克夫人这么讨厌我。事实上，我一直以为她挺喜欢我的。”她苦笑了一声，“人真是活到老，学到老啊。”

她站起身。

“这就是我想说的。再见。”

我陪她下了楼。

“我觉得她是个光明磊落的人。”回到房间里，我说，“勇气可嘉，这个女孩。”

“而且精于算计。”

“你这是什么意思——算计？”

“我的意思是她有向前看的能力。”

我怀疑地望着他。

“她真是个可爱的姑娘。”我说。

“穿得也很可爱。马罗坎绉和银狐领——很时髦。”

“你真是个女装设计师，波洛。我从来不注意人们穿什么衣服。”

“你真应该加入裸体主义者聚居地。”

我义愤填膺，刚想反驳他，但他突然换了一个话题，说：

“黑斯廷斯，你知道吗？有一个印象在我脑子里挥之不去，今天下午我们谈话时，说过一句有意义的话。真的很奇怪——我不确定是哪句话……就是有这么一个印象在我的脑海中翻腾……它让我想起了某件我听过、看过或者注意过的事……”

“发生在彻斯顿的事吗？”

“不是，不是在彻斯顿……在那之前……没关系，过一会儿我就会想起来的……”

他看着我——也许我一直没太专心听——大笑起来，接着又哼起了小曲。

“她是个天使，不是吗？来自伊甸园，途经瑞典……”

“波洛，”我说，“见鬼去吧！”

第二十章　克拉克夫人

我们第二次见到康比赛德时，这里依然弥漫着一种浓浓的阴郁气氛。其中一部分大概是由于天气——那是一个潮湿的九月天，空气中有一些秋天的味道，毫无疑问，还有一部分原因是这幢房子处于半关闭状态。楼下的房间全部门窗紧闭，我们被领进去的那个小屋散发着潮湿、闷热的气味。

一个看起来很能干的护士向我们走过来，她放下浆洗得很硬的袖管。

“波洛先生？”她活泼地说，“我是卡普斯蒂克护士。我收到克拉克先生的信了，他说你要来。”

波洛询问克拉克夫人的健康状况。

“考虑到整体情况，并不是很糟。”

“考虑到整体情况。”我猜，这句话的意思是，考虑到她已经被判了死刑。

“当然不能期盼有太大改善，不过，她尝试了一种新的疗法，现在感觉舒服了一些。劳根医生对她的状况很满意。”

“但她永远无法恢复健康了，是吗？”

“哦，我们从来没这么说过。”卡普斯蒂克护士说，这种直率的说话方式让她略感惊讶。

“我想，她丈夫的死对她是个沉重的打击吧？”

“哦，波洛先生，如果你明白我的意思，对于任何一个处于她目前这种健康状况的人，都不算太大的打击。对于克拉克夫人来说，周遭的一切已经变得暗淡模糊了。”

“请原谅我的问题，她和她丈夫之间是否深深地依恋彼此？”

“哦，是的。他们是非常幸福的一对。他为她担忧难过，可怜的男人。你知道，对于医生来说就更难了。他们不能用虚妄的幻想来鼓励自己。恐怕起初他深受折磨。”

“起初？后来就不受折磨了吗？”

“人总是会习惯一切的，不是吗？后来卡迈克尔爵士开始潜心收藏。爱好对于一个人来说是极大的安慰。他偶尔跑去参加拍卖会，后来他和格雷小姐很忙，采用一种新的系统重新编写目录，还重新布置了博物馆。”

“哦，是的，格雷小姐。她离开这里了，是不是？”

“是的，我很难过，但夫人身体不好的时候，难免会有这样的幻想。没有必要跟她争辩。最好让步。格雷小姐在这件事上表现得很理智。”

“克拉克夫人一直不喜欢她？”

“不，换句话说，不是不喜欢。事实上，刚开始的时候，我想，克拉克夫人还是挺喜欢她的。不过，我们不能继续闲聊下去了。我的病人会起疑心的。”

她把我们带到二楼的一个房间。这里曾经是卧室，后来被改造成了一间令人愉悦的客厅。

克拉克夫人坐在窗边的一张大扶手椅上。她瘦得可怜，脸色灰暗憔悴，一看便知承受着巨大的痛苦。她的精神有些恍惚，我注意到她的瞳孔只有针尖那么小。

“这位就是你要见的波洛先生。”卡普斯蒂克欢快地高声说道。

“哦，是的，波洛先生。”克拉克夫人面无表情地说。

她伸出了手。

“这位是我的朋友黑斯廷斯上尉，克拉克夫人。”

“你好，你们能来真好。”

我们朝着她很难理解的手势所指的方向走过去，坐下来。接下来是一阵沉默。克拉克夫人似乎陷入了一场梦中。

过了一会儿，她稍微一用力，醒了过来。

“是关于卡尔的死，对吗？关于他的死。哦，是的。”

她摇着头叹了口气，依然精神恍惚。

“没想到事情会是这样……我以为我会先他而去……”她沉思了一两分钟，“卡尔的身体很结实，对于他这个年龄的人来说，他的身体是非常好的。他从来没生过病，快六十岁的人了，看起来也就五十岁……是的，非常结实……”

她再次沉入梦中。波洛很了解某些药物在患者身上所起的作用，它们会让服药者产生时间无限的感觉，于是，他一言不发。

克拉克夫人突然说：

“是啊，你们来了真是太好了。我对富兰克林说过想见你们。他说他不会忘记告诉你们的。希望富兰克林不要变得愚蠢……他很容易相信别人，尽管他去过世界上很多地方。男人就是这样……永远也长不大……尤其是富兰克林。”

“他天性容易冲动。”波洛说。

“是的，是的……非常有骑士风度。男人在那方面很蠢。就连卡尔——”她的声音慢慢弱了下去。

她像发热似的不耐烦地摇着头。

“一切都是那样模糊不清……人的身体真是个麻烦事，波洛先生，尤其是在它占上风的时候。除此之外，你意识不到任何东西，只会在意疼痛是否会延缓，其他任何事都显得不重要了。”

“我知道，克拉克夫人。这是人生的悲剧之一。”

“我变得很蠢。我甚至想不起来要对你说什么了。”

“是不是关于你丈夫的死？”

“卡尔的死？是的，也许吧……那个疯狂可怜的家伙——我指的是凶手。如今到处都是噪声和速度，令人无法忍受。我总是为疯子感到惋惜，他们的脑子一定很古怪。然后被关起来，肯定很恐怖。但又能怎么样呢？如果他们杀了人……”她摇着头，显示出轻微的痛苦。“你们还没抓住他吗？”她问道。

“没有，还没有。”

“那天他肯定在这附近转悠过。”

“这附近有很多陌生人，克拉克夫人。现在是假期。”

“是啊，我忘了……但游客都在下面的海滩上，不会到房子这边来。”

“那天没有陌生人到家里来过。”

“谁这么说的？”克拉克夫人问，她突然有了活力。

波洛似乎有点儿吃惊。

“仆人们，”他说，“格雷小姐。”

克拉克夫人一字一顿地说：“那个女孩是个撒谎精！”

我从椅子上惊跳起来。波洛瞄了我一眼。

克拉克夫人继续说着，现在的她相当激动。

“我不喜欢她。我从来就没喜欢过她。卡尔的脑子里想的全是她。没完没了地说她是个孤儿，在这个世上孤苦伶仃。孤儿有什么不好吗？有时候这是因祸得福。你可能有一个一无是处的父亲和一个酗酒的母亲，这样你就可以抱怨了。还夸她勇敢，是个好帮手。我敢说，她的工作一定很出色！我不知道她哪儿来的那么大的勇气！”

“亲爱的，别激动。”卡普斯蒂克护士插嘴道，“我们可不能让你累着。”

“很快我就让她卷铺盖走人了！富兰克林竟然冒失地暗示我，她对我可能是个安慰。对我可真是个安慰！越早看到她离开越好——我就是这么说的！富兰克林真是个傻瓜！我不希望他和她搅在一起。他是个孩子！岂有此理！‘如果你愿意的话，我给她三个月的薪水。’我说，‘但她必须离开这里。我不想让她在这个房子里多待一天。’生病有一点好处，没有人会跟你争吵。他照我的意思办了，她走了。走得像个殉道者，我以为——她会表现得更友善、更勇敢！”

“好了，亲爱的，别这么激动。对你的身体不好。”

克拉克夫人挥手叫卡普斯蒂克护士走开。

“你和其他人一样把我当傻子。”

“哦，克拉克夫人，你不能这么说。我确实觉得格雷小姐是个很不错的姑娘——看上去是那么浪漫，就像从小说里走出来的人物。”

“我受不了你们这群人。”克拉克夫人无力地说。

“哎呀，她已经走了，亲爱的。马上就走了。”

克拉克夫人虚弱地摇着头，一脸不耐烦，但她没有回答。

波洛说：

“你为什么说格雷小姐是个撒谎精？”

“因为她就是。她告诉你没有陌生人来过家里，不是吗？”

“是的。”

“很好。我看见她，亲眼看见，就是从这扇窗户看见的——站在前门的台阶上，和一个陌生的男人说话。”

“是什么时候？”

“克拉克死的那天早上，时间大概在十一点钟。”

“那个男人长什么模样？”

“一个普普通通的人。没什么特别之处。”

“是个绅士，还是商人？”

“不是商人。穿得很寒酸。我记不起来了。”

突然，她脸上现出一阵痛苦的战栗。

“请……你们走吧……我有点儿累……护士。”

我们遵从她的指示，起身告辞。

“这是个不同寻常的故事，”回伦敦的路上，我对波洛说，“格雷小姐和一个陌生男人。”

“你明白了吧，黑斯廷斯。就像我跟你说的那样：总能发现点儿什么。”

“为什么那个女孩要撒谎呢，说她没见过陌生人？”

“我能想出七个不同的理由，其中一个相当简单。”

“不予理睬？”我问道。

“也许吧，需要发挥你的聪明才智。不过，我们没必要被这件事搞得心神不宁。回答这个问题最简单的方法就是直接去问她。”

“如果她又跟我们说谎怎么办？”

“那就真的有意思了，很有启发性。”

“假设那样的姑娘和一个疯子勾结在一起，这也太荒谬了。”

“没错。所以我不这么设想。”

我又想了几分钟。

“漂亮的姑娘日子不好过啊。”我最后叹了口气，说。

“根本不是这样。打消这个错误的念头吧。”

“这是事实，”我坚持己见，“每个人都和她作对，就是因为她长得漂亮。”

“你说的是蠢话，我的朋友。康比赛德有谁跟她作对？卡迈克尔爵士？富兰克林？还是卡普斯蒂克护士？”

“克拉克夫人对她心存怨恨，不是吗？”

“我的朋友，你对年轻漂亮的姑娘充满了仁爱。而我则对重病在身的老太太充满仁爱。也许克拉克夫人的眼睛是雪亮的——而她的丈夫、富兰克林·克拉克先生和卡普斯蒂克护士都有眼无珠——还有黑斯廷斯上尉。”

“你对那个女孩心存不满，波洛。”

让我惊讶的是，他的眼睛突然一亮。

“也许我想让你骑上那匹浪漫的高头大马，黑斯廷斯。你从来都是一名真正的骑士，随时准备搭救落难的女子——当然，她必须是个漂亮的姑娘。”

“你太可笑了，波洛。”我忍不住哈哈大笑起来。

“啊，不能总是这么悲惨。我越来越对这个悲剧引起的人性变化感兴趣了。我们手头有三部家庭生活戏。首先，是安德沃尔。阿谢尔太太悲剧的一生，她的挣扎，她对德国丈夫的支持，对她外甥女的奉献。单单这个就能写一本小说。然后是贝克斯希尔。快乐、随和的父母，两个截然不同的女儿——一个是漂亮的、浮浅的傻瓜，另一个是性情热烈、意志顽强的梅根，她不仅头脑清晰，而且无情地追求真相。还有一个人，那个镇静的苏格兰青年，他充满热情，爱吃醋，还有对那个死去的姑娘的爱慕之情。最后是彻斯顿那家人。垂死的妻子，专心于收藏的丈夫，他对那个给他做助手的富有同情心的漂亮姑娘流露出越来越多的柔情和同情；还有他弟弟，此人精力充沛、迷人、有趣，由于长期旅行而浑身散发着浪漫的魅力。”

“你要知道，黑斯廷斯，在通常情况下，这三部独立的戏是不会彼此产生关联的。它们不会相互影响。生活的排列组合，黑斯廷斯，永远令我着迷。”

“这是帕丁顿。”这是我唯一的回答。

我感觉，戳破气泡的时候到了。

我们刚到白港公寓就被告知：有位先生正在等着见波洛。

我以为是富兰克林，也可能是贾普，但令我吃惊的是，来者不是别人，而是唐纳德·弗雷泽。

他一副局促不安的样子，口齿不清的毛病比以往更明显了。

波洛并没有强迫他立即说出来访的目的，反而建议他先吃个三明治，喝杯葡萄酒。

三明治和葡萄酒端上桌后，波洛垄断了整个谈话，解释我们去了哪里，并用仁慈的语气谈起他对那个生病的妇人的感觉。

直到吃完三明治，喝完酒以后，波洛才让别人开口。

“你是从贝克斯希尔来的吗，弗雷泽先生？”

“是的。”

“把米莉·希格利追到手了吗？”

“米莉·希格利？米莉·希格利？”弗雷泽不解地重复这个名字，“哦，那个女孩！没有，我还没采取什么行动。呃——”

他停了下来，紧张地搓着手。

“我不知道为什么来找你。”他突然冒出这么一句。

“我知道。”波洛说。

“你不可能知道。你怎么会知道呢？”

“你来找我，是因为你心里有事必须要对某个人讲。你做得很对。我就是那个合适的人。说吧！”

波洛的自信发挥了作用。弗雷泽看着他，脸上露出一种奇怪的表情，既感激，又顺从。

“你这么认为？”

“天哪，我当然确定。”

“波洛先生，你对梦有研究吗？”

我完全没有想到他会这么说。

波洛却一点儿也不惊讶。

“是的。”他回答道，“你是不是一直梦到——”

“是的。我想，你会说，我梦到，梦到，那件事是很自然的。但我做的不是普通的梦。”

“不是吗？”

“不是吗？”

“我已经连着三个晚上梦到，先生……我想，我快要发疯了……”

“告诉我——”

弗雷泽怒气冲冲。眼珠子都快瞪出来了。他确实像要发疯。

“每次我都会梦到同样的场景。我在海滩上。寻找贝蒂，她失踪了——只是失踪了，你知道。我必须找到她。我得把她的腰带还给她。我手里拿着那根腰带。然后——”

“然后呢？”

“梦变了……我不再找她了。她就在我面前，坐在沙滩上。她没看见我走过来，哦，我不能——”

“继续说。”

波洛用命令的语气说，态度坚决。

“我走到她身后……她没听到我的脚步声……我悄悄地把腰带套在她的脖子上，一拉，哦，拉……”

他的声音里充满了可怕的痛苦。我紧紧抓住椅子扶手……讲得太逼真了。

“她窒息了……死了……我勒死了她，接着，她的头向后一仰，我看见了她的脸……她是梅根，不是贝蒂！”

他向后靠在椅子上，脸色苍白，浑身发抖。波洛又倒了一杯酒递给他。

“这个梦是什么意思，波洛先生？为什么我会做这个梦？而且每天晚上……”

“干了这杯酒。”波洛命令道。

年轻人照办了，这回他的语气平静了一些：

“这是什么意思？我，我没有杀她，是不是？”

我不知道波洛是怎么回答他的，因为就在这时，我听到了邮差的敲门声，于是不假思索地走出了房间。

从邮箱里取出来的东西让我对弗雷泽这个不同寻常的故事完全失去了兴趣。

我跑回客厅。

“波洛，”我大叫道，“又来了。第四封信。”

他一下子从座位上跳起来，把信从我手中夺走，抓起裁纸刀拆开信。他把那封信摊在桌子上。

我们三个人一起看信。

案子还没有破？呸！呸！你和那些警察都在干什么？哎呀，是不是很好玩？我们下一站去哪里？

可怜的波洛先生。我真为你感到难过。

如果最初不能成功，那就继续尝试，尝试，尝试。

我们还有很长的路要走。

蒂帕雷里（Tipperary）？不，字母T还远着呢。

下一件小事将于九月十一号发生在唐卡斯特(Doncaster)。

再会。

ABC

第二十一章　对凶手的描述

就在此时，我想，波洛所谓人性因素再次渐渐从画面中消失。仿佛人心无法忍受纯粹的恐怖，因此，我们掺杂了正常人类的感受。

我们每个人都有类似的感觉，只有等到第四封信揭示出 D——谋杀案的预定地点，否则，我们不可能做任何事。等待的气氛将释放紧张的状态。

然而现在，那些打印出的字正在白色的硬纸上嘲弄我们，追捕又开始了。

克罗姆警督是从苏格兰场过来的，他还没走，富兰克林 · 克拉克和梅根 · 巴纳德也来了。

梅根解释说，在这之前她也去了贝克斯希尔。

“我想问克拉克先生几个问题。”

她似乎迫不及待要解释，并为自己的行为找借口。我只是注意到了这个情况，但没有加以重视。

现在我满脑子想的只有这封信，根本无暇考虑别的事。

我想，看到这么多人参与到这出戏中，克罗姆不是很高兴。他的口吻变得极其冠冕堂皇，而且不予置评。

“我要把这封信带走，波洛先生。如果你愿意复制一份……”

“不，不，没有这个必要。”

“你有什么计划，警督？”克拉克问。

“都是很复杂的计划，克拉克先生。”

“这次我们必须抓住他，”克拉克说，“我可以告诉你，警督，为了处理这件事，我们自己组成了一个团体。一个由相关当事人组成的特别小组。”

克罗姆警督用他最礼貌的方式说：

“哦，是吗？”

“我猜，你不太重视外行人，是不是，警督？”

“你们手中并不掌握同等的资源吧，克拉克先生？”

“我们有各自的诉求——这一点很重要。”

“哦，是吗？”

“我想，你的任务不会太轻松，警督。事实上，我还认为，那个 ABC 又把你打败了。”

我注意到，当其他办法通通不管用时，只有这样才能刺激克罗姆开口。

“我想，这一次公众不会过分批评我们的安排，”他说，“那个蠢货给我们的警告已经很充分了。下个星期三才是十一号。我们有足够的时间在媒体上宣传。我们会提前在整个唐卡斯特发布通告。每个名字以字母 D 开头的人，无论男女都必须随时保持警惕——如果真是这样就好了。另外，我们将在那里大规模部署警力。经全英警察局局长的同意，我们已经做好了准备。我们将发动全唐卡斯特的警民共同抓捕一个人。只要运气还可以，我们就应该能抓住他！”

克拉克平静地说：

“显然，你不是一个体育运动爱好者，警督。”

克罗姆盯着他。

“你什么意思，克拉克先生？”

“你不是一个有活力的人，你难道不知道下周三圣莱杰赛马会将在唐卡斯特举行吗？”

警督的下巴差一点儿惊掉了。打死他也说不出那句熟悉的“哦，是吗”，结果，他说：

“说得对。是啊，这下问题复杂了……”

“尽管 ABC 是个疯子，但他不是傻子。”

我们都沉默了一两分钟，试图了解形势。赛马场上的人群，充满热情、喜爱运动的英国百姓，无穷无尽的难题。

波洛小声道：

“太巧妙了，设想得很好。”

“我相信，”克拉克说，“谋杀将发生在赛马场上——也许就在赛马进行中。”

他喜好运动的本能从这个想法中得到了片刻的欢

愉……

克罗姆警督站起身，拿起那封信。

“圣莱杰赛马会是个难题，”他承认道，“真够倒霉的。”

他出去了。我们听到走廊里传来一阵低语声。过了一会儿，托拉·格雷走了进来。

她焦急地说：

“警督告诉我又来了一封信。什么时间？”

外面正在下雨。托拉·格雷穿了一身黑色套装和一件毛皮衣服。一顶小黑帽罩在金色的秀发上。

她这句话是说给富兰克林·克拉克听的，她径直走向他，一只手搭在他胳膊上，等待他回答。

“唐卡斯特——就在举行圣莱杰赛马会那天。”

我们坐下来讨论。不用说，我们都打算去现场，但赛马会无疑将我们原先的计划变得更复杂了。

沮丧之情向我们袭来。无论大家对这件事抱有多么强烈的个人兴趣，这个六人小组又能做什么呢？到时候会有数不清的警察用锐利而警觉的目光监视所有可能的地点。多出来的这六双眼睛又能看什么呢？

波洛似乎是在回应我的想法，他提高了嗓门，讲话的样子像个小学校长或者牧师。

“我的孩子们，”他说，“我们不能分散力量。处理这件事的时候，我们头脑中必须有章可循。我们必须向内而不是向外寻找真相。我们每个人必须对自己说——我对这起谋杀案有哪些了解？这样才能拼出那个我们要找的男人的形象。”

“我对他一无所知。”托拉·格雷无助地叹了口气。

“不，不，小姐。你说得不对。我们每个人都对他有所了解——只是如果我们清楚自己知道什么就好了。我相信，我们了解到的情况就在那里，我们只需要伸手去抓住。”

克拉克摇摇头。

“我们对他一无所知——不知道他年老还是年轻，肤色白还是黑！我们没见过他，也没跟他说过话！我们已经把知道的一切回想了一遍又一遍了。”

“不是一切！举个例子来说，格雷小姐告诉我们，卡迈克尔·克拉克爵士遇害那天，她没有见过陌生人，也没和陌生人说过话。”

托拉·格雷点点头。

“的确如此。”

“是吗？克拉克夫人告诉我们，小姐，她在窗前看见你站在门前的台阶上和一个陌生男人说话。”

“她看见我和一个陌生男人说话？”女孩好像真的很吃惊。想必那个纯洁的、平静的表情只能是真实的。

她摇摇头。

“克拉克夫人一定是搞错了。我从来——哦！”

这声呼喊来得太突然，她的身体猛地一震，脸颊被一片绯红没过。

“现在我想起来了！真蠢！我竟然全忘了。但这并不重要。那个人是来推销长筒袜的——退伍军人之类的。他坚持要把袜子卖给我。我必须把他打发走。他来到门口时，我正好经过大厅。他没有按门铃，而是直接和我说话，但他没有什么恶意。我想，这就是我把他忘了的原因。”

波洛的身体来回摇晃，双手抱头。他语气激烈地自言自语，所有人一言不发，眼睛都盯着他。

“长筒袜，”他低语，“长筒袜……长筒袜……长筒袜……来了……长筒袜……长筒袜……就是这个主题——是的……三个月前……那一天……现在。我的天哪，我知道了。”

他坐直身子，用专横的目光直直地看着我。

“你还记得吗，黑斯廷斯？安德沃尔。那个商店。我们去楼上。那间卧室。椅子上。一双新的长筒丝袜。现在我知道两天前是什么引起我的注意了。是你，小姐——”他转向梅根，“你说到你母亲哭，因为发生凶杀案那天她给你妹妹买了一双长筒袜……”

他环视所有人。

“你明白了吗？同一个主题重复了三次。这不可能是巧合。这个小姐说话时，我就有一种感觉，她说的内容和什么东西有联系。我现在明白是什么了。福勒太太，阿谢尔太太的邻居说过的话。她说有人总想向她推销产品——她提到了长筒袜。告诉我，小姐，你母亲不是从商店买的袜子，而是从上门推销的人手里买的，是不是这样？”

“是的，是的，她就是从上门推销的人手里买的……现在我想起来了。她说看到那些走街串巷招揽生意的可怜人就十分难过。”

“但这和本案有什么联系？”富兰克林大叫道，“一个卖袜子的男人证明不了什么！”

“我告诉你们，我的朋友们，这不可能是巧合。三起命案——每次都有一个男人卖长筒袜，查看地形。”

他快速地绕着托拉转了一圈。

“你说说！描述一下他的长相。”

她茫然地看着他。

“我不……我不知道怎么说好……他戴了一副眼镜，我想——穿了一件旧外套……”

“再详细一些，小姐。”

“他弯着腰……我不知道。我几乎没拿正眼看过他。他是那种不会引人注意的人……”

波洛严肃地说：

“你说得很对，小姐。你的描述道出了这个凶手的全部秘密——毫无疑问，他就是那个凶手！‘他是那种不会引人注意的人！’是的，这一点毋庸置疑……你已经向我们描述了这个凶手！”

第二十二章　并非黑斯廷斯上尉的个人叙述

1

亚历山大·波拿巴·卡斯特先生一动不动地坐着。早餐已经放凉了，他根本没碰过盘子里的食物。一张报纸架在茶壶上，卡斯特先生曾抱着浓厚的兴趣读这张报纸。

突然，他站起身来，来回踱了一会儿步，接着又一屁股坐在窗边的椅子上。他把头埋进手里，发出一声沉闷的呻吟。

他没听见开门的声音。他的房东，马伯里太太，站在门口。

“我想知道，卡斯特先生，你想不想——哎呀，你怎么了？身体不舒服吗？”

卡斯特先生抬起头来。

“没事。真的没什么，马伯里太太。我——今天早上有些不舒服。”

马伯里太太看了一眼早餐托盘。

“我明白了。你一口都没吃。头又疼了吗？”

“不是。至少，是的……我，我就是有点儿不舒服。”

“好吧，我很抱歉。你今天不出去了吧？”

卡斯特先生突然跳了起来。

“不，不，我得出去。有正事。很重要。非常重要。”

他的手在抖。看到他如此焦虑不安，马伯里太太试图安慰他。

“好吧，如果你必须出去的话——必须出去的话。这次是出远门吗？”

“不是，我要去——”他犹豫了一两分钟，说，“切尔滕纳姆。”

他说出这个地名时的那种试探的语气很奇怪，马伯里太太惊讶地看着他。

“切尔滕纳姆是个好地方，”她闲聊起来，“有一年我从布里斯托尔去过那里。那儿的商店很棒。”

“我想是的，是的。”

马伯里太太弯下腰去捡起地上那张皱巴巴的报纸，动作相当僵硬，因为她的身材不适合弯腰。

“最近报纸上全是关于这起谋杀案的报道。”她说着扫了一眼标题，随后把报纸放回桌上，“这种事真叫人毛骨悚然。我才不看。开膛手杰克好像又回来了。”

卡斯特先生的嘴唇动了几下，但没有发出声音。

“唐卡斯特——下次他要在那里作案，”马伯里太太说，“就在明天！听了就叫人不寒而栗，不是吗？如果我住在唐卡斯特，恰好我的名字又是以D开头，我肯定会乘头班火车离开那儿，我肯定会这么做的。我才不要冒险。你怎么想，卡斯特先生？”

“我没什么想法，马伯里太太，我什么也没想。”

“那里有赛马活动。他肯定想趁着这个机会下手。据说有好几百个警察被派到那里去了——怎么了，卡斯特先生，你的气色很差。还是吃点儿东西吧。真的，今天你就不应该出门。”

卡斯特先生打起精神。

“我必须去，马伯里太太。每次约会——我都很守时。我必须——赢得人们的信任！只要做一件事，我都会坚持到底。只有这样才能在——事业上取得进展。”

“如果你病了呢？”

“我没病，马伯里太太。只是有些担心——各种各样的私事。昨天没睡好。我真的没事。”

他的态度非常坚决，马伯里太太把早餐收拾起来，不情愿地离开了房间。

卡斯特先生从床下拽出一只箱子，开始收拾行李。睡衣、盥洗用品袋、备用衣领、皮拖鞋。接着，他打开一个上了锁的柜子，从架子上取下十来个十英寸长七英寸宽的扁平纸盒，把它们装进箱子内。

他只是瞥了一眼桌上的列车时刻表，就拎着箱子走出了房间。

走到门厅时，他放下箱子，戴上帽子，穿好外套。他深深地叹了口气，以至于从旁边房间里走出来的姑娘关切地看着他。

“怎么了，卡斯特先生？”

“没事，莉莉小姐。”

“你在唉声叹气！”

卡斯特先生唐突地说：

“你相信不祥的预感吗，莉莉小姐？预兆？”

“哦，我不知道，真的……当然，有的日子你会觉得一切都不对劲，有时候又觉得一切都很好。”

“确实是这样。”卡斯特先生说。

他又叹了一口气。

“好了，再见，莉莉小姐。再见。你一直对我很好。”

“哎呀，别这样说再见，好像你这一走就永远也不回来了似的。”莉莉大笑道。

“不，不，当然不会。”

“那就星期五见，”女孩大笑道，“你这次要去哪儿？又去海边吗？”

“不，不，呃，去切尔滕纳姆。”

“哦，那个地方也不错。但还是不如托基好。那里一定很漂亮。我想明年去那儿度假。对了，你去的地方一定离那起谋杀案——ABC 谋杀案的发生地很近吧。谋杀案发生时你正好在那里，是不是？”

“呃，是的，但彻斯顿离那儿有六七英里远。”

“不管怎么说，肯定很刺激！你没准儿还在街上和那个凶手擦肩而过了呢！你可能离他特别近！”

“是啊，也许，当然有这种可能。”莉莉·马伯里注意到，卡斯特先生露出了恐怖扭曲的笑容。

“哦，卡斯特先生，你的脸色不好。”

“我挺好的，挺好的。再见，马伯里小姐。”

他笨拙地戴上帽子，拎起箱子，急匆匆地走出了大门。

“这老头儿真滑稽。”莉莉·马伯里放肆地说，“像是精神不太正常。”

2

克罗姆警督对他的下属说：

“给我弄一份所有长筒袜生产厂家的名单，然后分发出去。我还要一份所有代理人的名单——你知道，包括所有的经销商和上门推销的人。”

“是为了 ABC 案吗，长官？”

“是的。这是赫尔克里·波洛先生的主意。”警督用轻蔑的口吻说，“很可能一点儿用也没有，但我们不能漏掉任何机会，无论这个机会多么渺茫。”

“没错，长官。波洛先生当年办过一些漂亮的案子，但我认为现在他已经老糊涂了，长官。”

“他就是个江湖骗子，”克罗姆警督说，“天天装腔作势。骗得了别人，可骗不了我。现在，关于唐卡斯特的安排……”

3

汤姆·哈廷格对莉莉·马伯里说：

“今天早上我看见你们家的那个老家伙了。”

“谁？卡斯特先生？”

“就是卡斯特。在尤斯顿。和往常一样，他就像一只迷路的母鸡。我觉得那个家伙有点儿疯疯癫癫的。他需要人照顾。他先是丢了报纸，接着又把车票丢了。我把车票捡了起来——他完全不知道自己的车票丢了。一副焦虑不安的神态，还向我道谢，但我觉得他没认出我来。”

“哦，好吧，”莉莉说，“他只见过你从客厅走过去，而且次数也不多。”

他们跳了一圈舞。

“你跳得很棒。”汤姆说。

“继续吧。”莉莉一边说着，一边扭着把身体靠得更近了。

他们又跳了一圈。

“你说的是尤斯顿，还是帕丁顿？”莉莉突然问，“我的意思是，你在哪儿碰到的老卡斯特？”

“尤斯顿。”

“你确定吗？”

“当然确定。你在想什么？”

“真有意思。我还以为你是从帕丁顿去切尔滕纳姆呢。”

“你是这么想的。但老卡斯特要去的不是切尔滕纳姆，而是唐卡斯特。”

“切尔滕纳姆。”

“唐卡斯特。我知道，我的姑娘！别忘了，是我捡起了他的车票。”

“可是，他告诉我他要去的是切尔滕纳姆啊。他肯定是这么说的。”

“哦，你弄错了。他去的就是唐卡斯特。有些人的运气就是好。我在那匹‘萤火虫’上加了一点儿注，真想看它比赛。”

“我不认为卡斯特先生会去看赛马，他不像是那种人。哦，汤姆，希望他不会被杀死。ABC 谋杀案的下一个地点就是唐卡斯特……”

“卡斯特没事的。他的名字不是以 D 开头的。”

“他上次就有可能被杀。上次发生谋杀案的时候，他就在彻斯顿附近的托基。”

“是吗？那太巧了，不是吗？”

他哈哈大笑起来。

“上上次他没在贝克斯希尔吧？”

莉莉蹙起额头。

“他出门了……对，我记得他出门了……因为他忘了带游泳衣。母亲正在给他补那件游泳衣，她说：‘卡斯特先生是昨天出门的，忘了带游泳衣。’我说，‘哦，别管那件旧游泳衣了——发生了一件可怕的凶杀案。有个女孩在贝克斯希尔被人勒死了。’”

“哦，如果他想要游泳衣，一定是想去海边。我说，莉莉——”他挤眉弄眼地说，“如果那个老家伙就是凶手，你赌多少钱？”

“可怜的卡斯特先生？他连只苍蝇都不会伤害的。”莉莉大笑道。

他们继续快活地跳舞——他们大脑中有意识的活动里没有别的，只有两情相悦。

但他们无意识的大脑活动中却有某种东西在骚动……

第二十三章　九月十一日，唐卡斯特

唐卡斯特！

我想，我一辈子都不会忘了九月十一日这一天。

其实，只要看到圣莱杰这几个字，我就会立刻想到谋杀，而不是赛马。

当我回想起当时的感觉时，最突出的是那种讨厌的、无能为力的感觉。我们就在此地——就在现场，波洛、我自己、克拉克、弗雷泽、梅根·巴纳德、托拉·格雷和玛丽·德劳尔。作为最后一招，我们能做什么呢？

我们孤注一掷，期望能从一个月、两个月或三个月前的某个场合中模模糊糊地看到的成千上万的人里面认出凶手的面孔或身形。

实际上，最大的可能性是，在我们所有人中间，只有一个人能把他从人群中辨认出来，那就是托拉·格雷小姐。

面对压力，她心中的一部分宁静被打碎了。她沉着能干的样子消失了。她坐在那里，揉搓着双手，眼泪都快流出来了，语无伦次地向波洛求助。

“我真的没有仔细看过他……我为什么不看他呢？我真是个傻瓜。你们都依靠我，你们所有人……我会让你们失望的。即使我再见到他，可能也认不出来。我总是记不住人的长相。”

无论波洛对我说过什么话，无论他曾经多么严厉地批评过这个姑娘，但他此刻表现出来的只有和蔼可亲。他的态度温柔到了极点。令我吃惊的是，波洛变得和我一样，不再对落难的漂亮姑娘态度冷漠。

他亲切地拍了拍她的肩膀。

“好了，小家伙。不要这么歇斯底里。现在我们可不能这样。你见到这个人一定会认出来的。”

“你怎么知道？”

“哦，有很多原因——其中一个是红色能胜过黑色。”

“你是什么意思，波洛？”我大叫道。

“我说的是赌桌上的话。在轮盘赌中，小球长时间在黑色上转动，但最终红色肯定会出现。这是数学上的机会定律。”

“你的意思是说，时来运转？”

“千真万确，黑斯廷斯，这正是赌徒——还有杀人犯，毕竟他们是超级赌徒，他们赌的不是金钱，而是性命，而这正是无法预测的地方。因为他只要赢一次，就认为自己会继续赢下去！他不会在口袋鼓鼓的时候及时离开赌桌。

目的得逞的凶手无法设想自己有可能失败！他相信自己一定会马到成功。但我告诉你，我的朋友，无论是多么精心的策划，没有运气也成功不了。”

“这是不是扯得太远了？”富兰克林·克拉克表示反对。

波洛兴奋地摆了摆手。

“不，不。如果你愿意的话，成败机会均等，但它肯定对你有利。你考虑一下！可能会发生这种情况，凶手要离开阿谢尔太太的小店时，正好进来一个人。那个人可能想到了看一看柜台后面，就看见了那个死去的女人——他要么立刻抓住凶手，要么向警方准确描述凶手的模样，以便警方将其立刻逮捕。”

“是，当然有可能。”克拉克承认道，“但问题是，凶手必须冒险。”

“确实如此。杀人犯永远是赌徒。而且，和许多赌徒一样，杀人犯经常不知道应该何时收手。每犯一次罪，他就肯定一次自己的能力。他不会说‘我既聪明，运气又好！’不，他只是说，‘我很聪明！’他越来越觉得自己聪明，我的朋友们，小球继续旋转，颜色的运转时间结束了，小球落到一个新的数字上，赌场的庄家便会喊出‘红色’。”

“你认为这种情况会在本案中出现吗？”梅根皱起眉头问道。

“迟早会出现的！目前为止，好运在罪犯那边，不过早晚会转到我们这边来。我相信我们的运气已经来了！长筒袜这个线索就是好的开始。从现在开始，一切都将对他不利，而不是有利！他也会犯错……”

“你是在鼓舞人心。”富兰克林·克拉克说，“我们大家都需要一些安慰。自从早上醒来，我就感到无可奈何、浑身无力。”

“在我看来，要实现实际价值，这很成问题。”唐纳德·弗雷泽说。

梅根突然厉声说道：

“别当一个失败主义者，唐。”

玛丽·德劳尔的脸有点儿红，说：

“我想说的是，永远也搞不懂。那个邪恶的魔鬼就在此地，我们也在这里。到头来总是会以稀奇古怪的方式碰到一些人。”

我气呼呼地说：

“如果我们能多做些什么就好了。”

“你要记住，黑斯廷斯，警方正竭尽全力，还为此招募了特警。虽然克罗姆警督的态度很气人，但他仍旧是个能干的警官，警察局局长安德森上校也是个实干派。他们采取一切措施监视小镇和赛马场，并派人到处巡逻，便衣警察也会无处不在。此外还有宣传活动。公众也得到了充分的警告。”

唐纳德·弗雷泽摇头。

“我在想，他是不会下手的，”他满怀希望地说，“否则那个家伙就是真的疯了！”

“很可惜，”克拉克语气冷淡，“他就是个疯子！你怎么看，波洛先生？他会放弃这个计划，还是会坚持到底？”

“依我看，他那么执迷不悟，一定会履行诺言！不这么做就意味着承认自己失败，他那疯狂的自我主义是绝对不会允许的。可以说，这也是汤普森医生的观点。我们希望趁他企图行凶时抓住他。”

唐纳德再次摇头。

“他十分狡诈。”

波洛看了一眼手表。我们领会了这个暗示。我们一致同意，全天严阵以待，上午在尽可能多的街道巡逻，下午则驻守在赛马场各个有可能出事的地点。

我说的是“我们”。当然，就我个人而言，这样的巡逻没什么用，因为我绝不可能看到 ABC。但这么做的目的是为了分头行动，以便覆盖更广阔的区域，我提议陪同一位女士。

波洛同意了我的建议——他的眼里闪了一下光，这让我很担心。

女士们去拿她们的帽子。唐纳德·弗雷泽则站在窗边，向外张望，他显然陷入了沉思。

富兰克林·克拉克朝他的方向扫了一眼，感觉到那个人在发呆，当不了他的听众，于是他压低嗓音，和波洛聊了起来。

“你瞧，波洛先生。我知道你去过彻斯顿，见到了我的嫂子。她有没有说过，或者暗示过——我的意思是，她有没有表示——”

他停住口，表情很尴尬。

波洛露出一副茫然无知的表情，这不禁令我疑窦丛生。

“什么？你嫂子说过、暗示过、表示过什么？”

富兰克林·克拉克的脸涨得通红。

“也许你认为现在不是闲话私事的时候——”

“我完全没这么想！”

“但我想把事情说清楚。”

“好极了。”

这个时候，我想，克拉克开始怀疑波洛虽然一脸平静，其实在暗自发笑。他心情沉重地坚持说下去。

“我嫂子是个非常好的女人——我一直很喜欢她，当然，她已经卧病有一段时间了。得了那种病，还要服用麻醉药，所以，难免会对别人胡思乱想！”

“啊？”

到现在为止，我没有误解波洛眼中闪烁的光。

然而，富兰克林·克拉克全神贯注于他的外交任务，没有注意到这一点。

“和托拉有关——格雷小姐。”他说。

“哦，你说的是格雷小姐？”波洛的语气中包含着天真的惊讶。

“是的。克拉克夫人有一些偏见。你知道，托拉——格雷小姐是个很漂亮的姑娘——”

“也许，是的。”波洛承认道。

“而女人，即使是最好的女人，也会对其他女人抱有恶意。当然，托拉对我哥哥来说非常宝贵——过去他常说，她是他雇用过的秘书里最好的一个——他也很喜欢她。但这一切都是光明正大的。我的意思是，托拉不是那种女孩——”

“不是吗？”波洛说。

“可是，我嫂子满脑子都是……嫉妒，我想。尽管她没有表现出来。但卡尔死了以后，涉及格雷小姐要不要留下来这个问题，夏洛特大发雷霆。当然，有一部分原因是生病和吗啡什么的——卡普斯蒂克护士是这么说的，她说我们不该责怪夏洛特的脑子里有这些念头。”

他停下来。

“然后呢？”

“我想让你明白的是，波洛先生，根本没有什么事。不过是一个生病的妇人的胡思乱想。对了——”他在口袋中摸索，“这是我在马来西亚联邦的时候收到的一封哥哥的来信。我希望你能读一下，这封信清楚地表明了他们之间的关系。”

波洛接过信。富兰克林走到他身边，用手指着信，大声读出信中的关键内容：

——这里的日子一如既往。夏洛特的疼痛有所缓解。我多么希望可以说她好多了。你也许还记得托拉·格雷吧？她是个可爱的姑娘，她给我带来了无以言表的巨大安慰。如果没有她，我真不知道该如何熬过这段艰难的日子。她的同情心和兴趣是无穷无尽的。她对美好的事物有高雅的品位和天资，和我一样，她也喜爱中国艺术。能够找到她，我真的很幸运。就连女儿也无法像她那样成为我亲近和谐的伙伴。她过去的生活很艰苦，也不太快乐，但我很高兴，她在这里有了一个家，获得了真挚的情感。

“你明白了吧，”富兰克林说，“这就是我哥哥对她的感觉。他把她看作自己的女儿。但是，我哥哥刚死，他妻子就把她逐出了家门，这太不公平了！女人真是恶魔，波洛先生。”

“不要忘了，你嫂子病痛缠身。”

“我知道，我也是这样一直告诉自己的。不该评判她。即使是这样，我也要把这封信拿给你看。我不希望你听了克拉克夫人的话，对托拉产生什么误解。”

波洛把信还给他。

“我可以向你保证，”他微笑着说，“无论什么人对我说了什么样的话，我绝对不会允许自己产生错误的印象。我有自己的判断。”

“好吧，”克拉克说着把那封信收了起来，“反正，我很高兴给你看了这封信。姑娘们来了。我们走吧。”

我们走出房间时，波洛把我叫了回来。

“你决定一起去探险吗，黑斯廷斯？”

“哦，是的。我不愿意留在这里不活动。”

“除了体力活动，还有脑力活动，黑斯廷斯。”

“哦，你在那方面比我更擅长。”我说。

“你说得很正确，无可争辩，黑斯廷斯。你打算给其中一位女士做护花使者，我说得对吗？”

“我就是这么想的。”

“你希望哪位女士受到你陪伴的礼遇呢？”

“呃，呃，呃，我还没有考虑过这个问题。”

“巴纳德小姐如何？”

“她的性格很独立。”我反对道。

“格雷小姐？”

“可以。她要好一些。”

“我发现你，黑斯廷斯，不诚实得既奇特，又坦率！你早就打定主意和你那个金发天使度过这一天了。”

“哦，真的吗，波洛！”

“很抱歉打乱你的计划，但我必须要求你护卫别人。”

“哦，好吧。我觉得你喜欢那个像荷兰式木玩偶的姑娘。”

“你要保护的是玛丽·德劳尔——而且我要求你寸步不离她左右。”

“可是，波洛，这是为什么呢？”

“因为，我亲爱的朋友，她的姓是以字母D开头的。我们不能冒这个险。”

我领悟了他话语中的公正。起初看来八竿子打不着，但后来我认识到，如果ABC发疯般地憎恨波洛，他很可能会对波洛的行动了如指掌。如果是这样的话，除掉玛丽·德劳尔是对他最恰当不过的第四次打击。

我向他保证我会忠于职守。

我离开了房间，留下波洛坐在窗边的椅子上。

他面前是一个小小的轮盘赌的赌盘。就在我抬脚出门时，他转了一下那个赌盘，在我身后大喊道：

“红色——这可是个好兆头，黑斯廷斯。我们要转运了！”

第二十四章　并非黑斯廷斯上尉的个人叙述

当邻座的人站起身，笨拙且蹒跚地从他身边走过，探出身子捡回掉在前排座位上的帽子时，利德贝特先生不耐烦地哼了一声。

正赶上《不识燕雀》的高潮部分，这部明星荟萃、充满悲怆和美丽的恐怖影片已经让利德贝特先生期盼了一整个星期了。

一头金发的女主角是由凯瑟琳·罗亚尔饰演的，在利德贝特先生心目中，她是全世界最好的女演员。她此时正在声嘶力竭地发泄心中的愤慨：

"决不！我很快就会挨饿。但我不会挨饿。记住这句话：麻雀不会摔下来——"

利德贝特先生气呼呼地把头从右边移到左边。什么人！为什么就不能等到电影结束呢……非要在这个惊心动魄的时候离场。

啊，现在好了。那个讨厌的男人走了。利德贝特先生能看到整片银幕了。他看到凯瑟琳·罗亚尔站在纽约的范·施赖纳大厦窗前。

现在她在上火车——怀中抱着孩子……美国的火车真奇怪，和英国的火车一点儿也不像。

啊，史蒂夫又出现了，在山间的小屋里……

电影的结局令人动情，带有半宗教色彩。

灯光再次亮起，利德贝特先生满意地舒了一口气。

他缓缓站起身，眨了几下眼睛。

他从不马上离开电影院。总要花上一些时间才回归到乏味的日常生活中去。

他环顾四周。今天下午来看电影的人不多——当然了。他们都去看赛马了。利德贝特先生不喜欢赛马，也不喜欢打牌，更不喜欢抽烟、喝酒。这样他就更有精力享受看电影的过程了。

所有人都匆忙向出口拥去。利德贝特先生也准备随着人潮向外走。他前面那个座位上的人睡着了——身子陷在椅子里。利德贝特先生愤愤地想，就连看《不识燕雀》这么好的电影，居然也有人睡得着。

睡觉的人伸出的腿挡住了路，一位先生愤怒地对他说：

“让一下，先生。”

利德贝特先生走到了出口。他回头张望。

里面似乎一阵骚乱。剧院的看门人……一小群人……也许他前面的那个人没睡着，而是烂醉如泥……

他犹豫了一下，然后昏了过去——由于昏倒了，他错过了当天的轰动事件——比“诺特·哈夫”在圣莱杰赛马会上以八十五比一的赔率获胜更轰动的事件。

看门人在说：

“你没事吧，先生……他病了……哎呀——怎么了，先生？”

另一个人甩开手，发出一声惊呼，他看到一片红色的、黏稠的污物。

“血……”

看门人也惊叫了一声。

他看到座位底下露出一个黄色的东西的一角。

“天哪！”他说，“是一本 AB—— ABC。”

第二十五章　并非黑斯廷斯上尉的个人叙述

卡斯特先生从皇家电影院里走出来，抬头望天。

这是一个美丽的夜晚……十分美丽的夜晚……

此刻，布朗宁的一句诗涌上他的心头。

“上帝在天堂，人间享安康。”

他一直很喜欢这句诗。

只是有的时候，更确切地说，他时常感觉现实并非如此……

他沿着街道一路小跑，面带微笑，一直跑到黑天鹅旅馆。

他爬上楼梯，来到自己的房间，这是二楼一个闷热的小房间，站在窗前可以看见铺了地面的内院和车库。

走进房间时，他脸上的笑容突然消失了。他发现袖口上有一片污渍。他试着摸了一下——红色的，湿湿的——血……

他把手伸进口袋里，掏出一样东西——一把细长的刀。刀口上也有黏黏的，红色的……

卡斯特先生坐了很久。

他的眼睛环视着这个房间，像一头被猎捕的野兽。

他的舌头激动地舔着嘴唇……

“不是我的错。”卡斯特先生说。

他似乎是在与人争论——一个男生在恳求他的校长。

他又伸出舌头舔了舔嘴唇……

他再次试探着摸了一下衣袖。

他的目光穿过房间，看到对面的洗脸盆。

一分钟后，他把水从老式水壶中倒进盆子里。他脱下外套，清洗袖子，小心翼翼地把血水挤出来……

啊！水现在变成红色了……

有人敲门。

他站在那里，呆若木鸡——眼睛盯着门。

门开了。一个丰满的姑娘手里提着水壶。

“哦，对不起，先生。你的热水，先生。”

这时他终于能开口说话了。

“谢谢你……我已经用冷水洗了……”

他为什么要这么说？她的目光立刻投向水盆。

他慌乱地说：“我，我把手割破了……”

一阵沉默——当然是漫长的沉默。随后她说：“是，先生。”

她出去了，关上了门。

卡斯特先生站在那里，仿佛变成了一块石头。

他倾听着。

来了……终于……

有没有说话声，惊叫声，上楼梯的脚步声？

他什么也听不见，除了自己的心跳……

他先是一动不动，然后突然一跃而起。

他迅速穿上外套，踮起脚走到门口，打开房门。除了从酒吧传来的熟悉的低语声，没有别的动静。他蹑手蹑脚走下楼梯……

依然不见人影。这就是运气。他在楼梯口站住。现在往哪边走呢？

他下定决心，沿着一条走廊飞奔，然后穿过那道通向院子的门。两个司机在摆弄他们的汽车，谈论着赛马的胜负。

卡斯特先生匆匆穿过院子，跑到大街上。

他在第一个街角向右转，然后向左，再向右……

他敢去车站吗？

是的，那里有一大群人，还有专列——如果命运之神眷顾他的话，他一定能脱身……

要真是这样该有多好……

第二十六章　并非黑斯廷斯上尉的个人叙述

克罗姆警督正在听利德贝特先生激动地讲述当时的情形。

“我向你保证，警督，每当我想起这件事，我的心脏就会停跳一下。整个看电影的过程中，他肯定就坐在我旁边！”

克罗姆警督对利德贝特先生心脏的表现漠不关心，他说：

“再说清楚一点儿，好吗？影片快结束的时候，那个人离开座位往外走——”

“《不识燕雀》，凯瑟琳·罗亚尔。”利德贝特先生无意识地小声嘟囔着。

“他经过你面前时绊了一下——”

“他假装绊了一下，现在我明白了。然后，他把身子探向前面的座位去捡帽子。他肯定是拿刀捅死了那个可怜的家伙。”

“你没听到什么动静吗？叫喊声？或者呻吟？”

除了凯瑟琳·罗亚尔响亮粗哑的声音，利德贝特先生什么也没听见，但是，他在想象中生动地杜撰了一声呻吟。

克罗姆警督相信了呻吟的表象，命令他继续讲下去。

“然后他就出去了——”

“你能描述一下他的样子吗？”

“他很高大。至少有六英尺。是个巨人。”

“肤色白，还是黑？”

“我，呃，我不太确定。我想他是个秃头，是个面目狰狞的家伙。”

“他的腿不瘸吧？”克罗姆警督问。

“对，对，你说到这个，我想起来了，他确实走路一瘸一拐的。他的皮肤很黑，可能是个混血。”

“开场前，灯还亮着的时候，他已经在座位上了吗？”

“没有。他是电影开始以后才进来的。”

克罗姆警督点了点头，把笔录递给利德贝特先生签字，然后打发他走了。

“这个人大概是我们碰到的最糟糕的证人。”他悲观地评论道，“他说的话一点儿指导作用都没有。显然，他完全不知道凶手长什么模样。去把那个看门人叫来。”

看门人身体僵硬，迈着军人的步伐走进来，他立正站好，眼睛盯着安德森上校。

“现在，詹姆森，让我们听听你的故事吧。”

詹姆森敬了一个礼。

“是，长官。电影快结束的时候，长官，我听说有一位先生病倒了，长官。那位先生坐在低价票座位区，瘫倒在座位上。其他人站在周围。那个人看上去挺糟糕的，长官。其中一个人把手放在那个生病的人的外套上，引起了我的注意。血，长官。很明显，那个人死了——被人捅死了，长官。我的目光被一本ABC列车时刻表吸引了，长官，在座位下面。我希望妥善处理，就没有去碰他，而是立即向警方报告发生了一起惨案。”

“很好，詹姆森，你的做法很正确。”

“谢谢你，长官。”

“在这之前大约五分钟，你有没有注意到有一名男子离开低价票座位区？”

“走了好几个，长官。”

“你能描述一下他们的样子吗？”

“恐怕不能，长官。有一位是杰弗里·帕内尔先生。还有一个年轻人，萨姆·贝克，他和他女朋友在一起。我没有注意到其他什么特别的人。”

“真遗憾。可以了，詹姆森。”

“是，长官。”

看门人敬了个礼，然后离开了。

“我们有验尸报告。”安德森上校说，“最好能和下一个发现他的人谈谈。”

一个警察走进来，敬了一个礼。

“赫尔克里·波洛先生到了，还有一位先生。”

克罗姆警督皱起眉头。

“哦，好吧，”他说，“我想，最好还是让他们进来吧。”

第二十七章　唐卡斯特谋杀案

我紧跟在波洛身后走进去，恰好听到克罗姆警督的只言片语。

他和警察局局长都一副愁眉苦脸的样子。

安德森上校向我们点头致意。

“很高兴你们来了，波洛先生。”他很有礼貌地说——我想，他可能猜到我们听见了克罗姆的话，“你瞧，我们又遭殃了。”

“又一起 ABC 谋杀案？”

“是啊，该死，胆子真大。凶手探过身子，在那个人后背上捅了一刀。”

“这次是捅死的？”

“对。作案手法稍有不同，是不是？击打头部，勒死，现在又动刀了。多面手恶魔——什么？如果你想看的话，这里有验尸报告。”

他把一张纸推到波洛面前。“那本 ABC 放在地上，在死者的两只脚中间。”他补充道。

“辨认出死者的身份了吗？”波洛问。

“是的。ABC 这回出错了，如果这能给我们带来满足感的话。死者叫厄斯菲尔德——乔治 · 厄斯菲尔德，职业是理发师。”

“奇怪。”波洛评论道。

“可能跳过了一个字母[1]。”上校提醒道。

我的朋友怀疑地摇摇头。

“我们把下一位证人叫进来，好吗？”克罗姆问，“他急着回家。”

“好的，好的，我们继续吧。”

一名中年男子被带了进来，他长得和《爱丽丝漫游仙境》里的青蛙侍卫太像了。他非常兴奋，声音因激动变得很刺耳。

“这是我经历过的最令人毛骨悚然的事。”他尖声叫道，“我的心脏不好，长官——我的心脏很不好，这件事差点儿要了我的命。”

“请问你的姓名？”警督说。

“唐斯 (Downes)。罗杰 · 伊曼纽尔 · 唐斯。”

“你的职业？”

“我是海菲尔德男校的校长。”

“唐斯先生，你能用自己的话描述一下当时的情况

①厄斯菲尔德，原文为 Earlsfield。

吗？”

“先生们，我可以简短地告诉你们。影片结束时，我从座位上站起来。我左边的座位是空的，但那个座位旁边的座位上坐着一个男人，显然，他睡着了。他的腿向前伸着，我过不去。我请他让一下。他没动，于是我又把我的要求重复了一遍，声音——呃——稍微大了一些。他还是没有反应，于是我就碰了碰他的肩膀，想把他弄醒。他的身子往下滑了一点儿。我意识到，他要么是不省人事，要么得了重病。我便大声叫道：‘这位先生病了。把看门人叫来。’看门人来了。当我把手从那个人的肩膀上收回来的时候，我发现手上又湿又红……我可以向你们保证，先生们，我吓了一大跳！可能出了大事！我这心脏衰弱的毛病已经有很多年了——”

安德森上校看着唐斯先生，脸上的表情很奇怪。

“你可以认为自己是个很幸运的人，唐斯先生。”

“是的，先生。连心悸都没有！”

“你没太明白我的意思，唐斯先生。你说，你们中间隔着两个座位？”

“本来我的座位挨着那个死人——后来我挪了个位子，我想坐在一个空座位后面。”

“你和死者的身高体形差不多，对不对？而且你和他一样，也戴了一条羊毛围巾？”

“我不明白——”唐斯先生的态度变得拘谨起来。

“让我来告诉你，伙计，”安德森上校说，“你到底幸运在哪里。不知道为什么，凶手跟着你进来时，他搞错了。他认错了后背。我敢打赌，唐斯先生，他想捅死的人其实是你！”

虽然唐斯先生的心脏顽强地经受住了之前的考验，但这次却没扛住。他跌坐在一把椅子上，喘着气，脸色发紫。

“水，”他喘着粗气说，“水……”

于是他们给了他一杯水。喝完水，他的脸色渐渐恢复了常态。

“我？”他说，“为什么是我？”

“看来正是这样。”克罗姆说，“事实上，只有这一种解释。”

“你的意思是，这个人，这个，这个魔鬼的化身，这个嗜血的疯子一直在跟踪我，并打算伺机下手？”

“我想是这样的。”

“但看在上帝的分儿上，为什么是我？”校长气愤地说。

克罗姆忍住了没反问他：“为什么不能是你？”他说的是：“恐怕，期待一个疯子为他的行为给出理由没什么意义。”

“天哪。”唐斯先生清醒过来，小声说。

他站起身，忽然之间，他变得苍老虚弱。

“先生们，如果你们没有别的问题，我想我该回家了。

我，我感觉身体不太舒服。”

“好的，唐斯先生。我派一个警察陪着你——为了确保你的安全。”

“哦，不，不用了，谢谢。没有这个必要。”

“那也可以。”安德森上校粗声说。

他的眼睛斜向一边，问了警督一个几乎令人无法察觉的问题。后者也同样几乎令人无法察觉地点了下头。

唐斯先生摇摇晃晃地走出去了。

“幸好他当时没明白是怎么回事，”安德森上校说，“是不是派了两个人去？”

“是的，长官。赖斯警督都安排好了。他们会监视他家。”

“你认为，”波洛说，“ABC 发现自己弄错的时候还会下手吗？”

安德森点点头。

“有这种可能，”他说，“ABC 似乎是个做事有条不紊的人。如果事情没有按照他的计划来，他会心烦意乱。”

波洛若有所思地点点头。

“真希望我们知道那个家伙长什么样。”安德森上校暴躁地说，“我们仍然对他一无所知。”

“会知道的。”波洛说。

“你这么认为吗？好吧，是有这个可能。该死，就没有人脑袋上长眼睛吗？”

“耐心一点儿。”波洛说。

“你好像很有信心，波洛先生。你这么乐观有什么原因吗？”

“是的，安德森上校。目前为止，凶手还没有犯错。他肯定很快就会犯错了。”

“如果这是支撑你走下去的全部理由。”警察局局长哼了一声，但他的话被打断了。

“先生，黑天鹅旅馆的鲍尔先生带着一个年轻女人来了。他有事要说，而且他认为他能帮到你们。”

“把他们带过来。把他们带过来。我们想得到任何有帮助的东西。”

黑天鹅旅馆的鲍尔先生是个身材高大、头脑迟钝、行动笨拙的人。一张嘴就呼出一股浓浓的啤酒味儿。同他一起来的是个丰满的姑娘，眼睛圆圆的，显然处于高度兴奋之中。

“希望我没有打搅你们，或是浪费你们宝贵的时间。”鲍尔先生用沙哑的嗓音慢悠悠地说，“不过，这个乡下姑娘，玛丽，认为她有事要告诉你们，你们应该知道的事。”

玛丽在一旁三心二意地咯咯笑着。

“好吧，姑娘，什么事？”安德森说，“你叫什么名字？”

“玛丽，玛丽·斯特劳德，先生。”

“好吧，玛丽，说出来吧。”

玛丽的圆眼睛转向她的主人。

“她负责给男士的房间送热水。”鲍尔先生替她解围道，“我们那里大概住了六位先生。有的是来看赛马的，有的是出差。”

“哦，哦。”安德森不耐烦地说。

“说吧，孩子。”鲍尔说，“把那件事告诉他们。别害怕。”

玛丽吸了口气，哼哧了一声，然后用令人喘不过气来的声音叙述起来。

“我敲了几下门，没有人吭声，通常屋子里的先生不说‘进来’，我无论如何都不会进去的，但他什么也没说，我就进去了，我看见他正在洗手。”

她停下来，深深地吸了一口气。

“继续说，姑娘。”安德森说。

玛丽斜着眼睛看了一下她的雇主，似乎从他缓慢的点头中受到了鼓舞，于是她接着说了起来。

“‘这是你的热水，先生。’我说，‘我敲门了。’‘哦，’他说，‘我已经用冷水洗了。’我下意识看一下洗手盆。哦，上帝啊，水全都红了！”

“红了？”安德森激动地说。

鲍尔插话道：

“这个姑娘告诉我说，那个男人脱掉了上衣，手里正抓着袖口，袖子全湿了。是不是这样，姑娘？”

“是的，先生，确实是这样，先生。”

她接着说：

“他的表情很古怪，非常古怪。我大吃一惊。”

“这是什么时候的事？”安德森大声问。

“大概是五点一刻，差不多就是这个时间。”

“过去三个多小时了。”安德森厉声说，“你们为什么不马上来？”

“我们没有马上听到那个消息。”鲍尔说，“直到有消息传来，说又发生了一起谋杀案。玛丽尖叫起来，说洗脸盆里可能是血，我问她是什么意思，她就告诉我了。我不太相信，就一个人上楼去看。房间里没有人。我找人问了几个问题，院子里的一个男孩说他看见一个家伙偷偷摸摸从那边溜走了。根据他的描述判断，就是那个人。于是，我就对玛丽小姐说最好去警察局，她不喜欢这个主意，玛丽不愿意来，我就说我陪她一起来。”

克罗姆警督递给他一张纸。

“描述一下这个人，”他说，“尽可能快。已经没时间可以浪费了。”

“他中等身材，”玛丽说，“有些驼背，还戴着眼镜。”

“穿什么衣服？”

“黑色外套，戴着一顶霍姆堡毡帽。挺寒酸的。”

她没有什么可以补充的了。

克罗姆警督没有过分坚持。电话线立刻忙碌起来，但警督和警察局局长都不太乐观。

克罗姆推断，那个从院子里溜出去的男人既没有拿包，也没有拎箱子。

“还有机会。”他说。

两个人被派去黑天鹅旅馆。

鲍尔先生沾沾自喜，觉得自己很重要，玛丽则眼泪汪汪地陪着他们回去了。

大约十分钟后，那个警官回来了。

“长官，我把旅馆的登记簿带回来了，”他说，“这里有他的签名。”

我们围拢过去。字很小，而且挤在一起，不好辨认。

“签名是 A．B．凯斯（Case）——还是凯什（Cash）？”局长说。

“ABC。”克罗姆意味深长地说。

“行李呢？”安德森问。

“一只大号的箱子，里面装满了小纸盒。”

“纸盒？盒子里装的是什么？”

“长筒袜，先生。长筒丝袜。”

克罗姆转向波洛。

“祝贺你，”他说道，“你的预感很正确。”

第二十八章　并非黑斯廷斯上尉的个人叙述

1

克罗姆警督在他位于苏格兰场的办公室里。

办公桌上的电话嗡嗡响了几声，他拿起话筒。

“我是雅各布斯，长官。来了一个年轻人，我想你应该听听他说什么。”

克罗姆警督叹了口气。平均每天会有二十个人带着所谓与 ABC 案有关的重要信息出现在这里。一部分人是没有恶意的疯子，也有一部分是好心人，他们真的相信自己的消息是有价值的。雅各布斯警官的职责是充当人工筛子——拦住粗劣的东西，将剩下的移交给他的上司。

“很好，雅各布斯，”克罗姆说，“把他带过来吧。”

几分钟后，有人敲警督的门，雅各布斯警官出现了，他领进来一个相貌不错的高个儿小伙子。

“这位是汤姆·哈廷格先生，长官。他要告诉我们的情况可能和 ABC 案有关。”

警督站起来亲切地同他握手。

“早上好，哈廷格先生。请坐吧。你抽烟吗？来一支吧？”

汤姆·哈廷格笨拙地坐下来，怀着几分敬畏看着他心目中的这个“大人物”。警督的模样让他有些失望。他看上去就是个普通人！

“这么说，”克罗姆说，“你有情况要告诉我们，你认为和本案有关。开始吧。”

汤姆紧张地讲述起来。

“当然可能一点儿关系都没有。这只是我自己的一个想法。我可能会浪费你的时间。”

克罗姆警督轻轻地叹了口气，轻到几乎无法察觉。他在安慰人这方面浪费了多少时间！

“在这方面，我们是最有资格做出评判的人。把你知道的情况都说出来吧，哈廷格先生。”

“哦，事情是这样的，长官。我有个女朋友，她母亲出租房间。在卡姆登镇那边。她们把三楼的后部租给了一个叫卡斯特的人，已经有一年多了。”

“卡斯特？”

“对，长官。一个呆头呆脑、脾气温和的中年人——应该说，有些落魄。这么说吧，他是那种连苍蝇都不会伤害的人——如果不是因为发生了很奇怪的事，我做梦也不会认为他有什么地方不对劲。”

汤姆的表达有些杂乱无章，本来已经说过的话又重复了一两遍，他讲述了自己在尤斯顿火车站遇到卡斯特先生的情形，还有那人连掉了火车票都不知道的事。

“你看，长官，这事说起来挺可笑的。长官，莉莉，也就是我的女朋友，她特别肯定地说，他说他要去切尔滕纳姆，她母亲也这么说，说她记得很清楚，他走的那天上午他们谈过这件事。当然，当时我没太当回事。莉莉，我的女朋友，说希望他不要被那个去唐卡斯特的ABC杀死，后来她又说，上次发生谋杀案的时候，他也在彻斯顿，不过，这只是个巧合。我大笑着问她，上上次他是不是也在贝克斯希尔，她说，她不知道他那时候在哪儿，不过，她知道他去了海边。然后，我对她说，如果他就是那个ABC，这就太奇怪了。她说，可怜的卡斯特先生连一只苍蝇都不会伤害——这就是当时的全部情况。后来，我们就没再想这件事。不过，说实在的，我心里琢磨这事来着。我开始怀疑这个叫卡斯特的家伙，我觉得，虽然他表面看起来不会害人，但还是有些不太正常。”

汤姆深深地吸了一口气，接着说下去。克罗姆全神贯注地听着。

“唐卡斯特谋杀案发生后，长官，所有的报纸都希望大家提供关于A.B.凯斯或凯什的行踪，报纸上对凶手的描述也和他的样子吻合。放假的第一个晚上我就去了莉莉家，问她卡斯特先生的名字首字母缩写是什么。一开始她没想起来，但她母亲想起来了。她说肯定是A.B.，没错。然后我们就开始认真对待这件事了，我们想弄清楚第一次在安德沃尔发生谋杀案的时候，他有没有出门。哎呀，长官，你也知道，想记起三个月前发生的事有多么不容易。我们在这上面费了不少功夫，但最终还是有了答案，因为六月二十一号那天马伯里太太有个兄弟从加拿大来看她。来得很突然，她想给他找张床，莉莉建议说，既然卡斯特先生出门了，伯特·史密斯可以睡他的床。但马伯里太太不同意，她觉得这么做对她的房客不好，她总是希望自己办事公道。我们确定就是那个日子，没错，因为伯特·史密斯的船就是那天在南汉普敦靠岸的。”

克罗姆警督听得非常认真，还不时做着笔记。

“说完了？”他问。

“说完了，长官。希望你不会认为我说了很多无关紧要的事。”

汤姆的脸有点儿红。

“我根本没这么想。你来这里是对的。当然，这个证据并不充分——那几个日期可能纯粹是巧合，名字也只是相仿而已。不过，我觉得有必要找卡斯特先生谈一谈。他现在在家吗？”

“是的，先生。”

“他什么时候回来的？”

“就在发生唐卡斯特谋杀案的那个晚上，先生。”

“回来这些天他都在做什么？”

“大部分时间待在房间里，先生。他看起来很古怪，马伯里太太说。他买了很多报纸——很早就出门去买晨报，天黑之后又去买晚报。马伯里太太还说他经常自言自语。她觉得他越来越奇怪了。”

“这个马伯里太太的地址是什么？”

汤姆把地址给了他。

“谢谢你。我大概今天就会过去。不需要我提醒你吧，碰到这个卡斯特先生的时候，一定要注意自己的态度。”

他站起来和汤姆握了握手。

“你来找我们，做得很对，这个结果你应该会满意。早安，哈廷格先生。”

“怎么样，长官？”几分钟后，雅各布斯又走进来问道，“你觉得他说的有用吗？”

“有希望。”克罗姆警督说，“如果这个小伙子说的情况属实。长筒袜生产厂家那边还没有消息。现在到了我们掌控事件的时候了。对了，把彻斯顿案子的卷宗给我。”

他找了几分钟。

“啊，在这儿。和托基警方做的笔录放在一起了。有个叫希尔的年轻人。他做证说，看完电影《不识燕雀》离开托基的雅典娜剧院时，他注意到一个男人的行为很古怪。那个人自言自语。希尔听到他说‘这个主意不错’。《不识燕雀》——唐卡斯特的皇家影院放的是这个片子吗？”

“是，长官。”

“这里面也许有情况。当时觉得没什么大不了的，但凶手可能就在那时候想到了下一次的作案手法。我们知道希尔的名字和地址。他对那个人的描述虽然很模糊，但是与玛丽·斯特劳德和汤姆·哈廷格的描述非常吻合……”

他若有所思地点点头。

“我们要兴奋起来了。”克罗姆警督说——这个说法相当不准确，因为他总是有些冷冰冰的。

“有什么指示吗，长官？”

“安排两个人去监视卡姆登镇的那个地方，但不要打草惊蛇。我必须找助理警察局局长谈一谈。而且，我想，最好还是把卡斯特带到这里来，问他是否愿意做个笔录。他快要不知所措了。”

汤姆·哈廷格来到河堤上，莉莉·马伯里正在那里等他。

“还好吧，汤姆？”

汤姆点点头。

“我见到克罗姆警督本人了。负责这个案子的人。”

“他长什么模样？”

“有些不起眼，还挺装腔作势的——和我想象的侦探不一样。”

“他是特伦查德爵士那个类型的。”莉莉满怀敬意地说，“他们当中的一些人非常了不起。那他说了什么？”

汤姆简单地把他们谈话的内容复述了一遍。

“这么说，他们真的认为是卡斯特干的？”

“他们认为有这个可能。不管怎么说，他们会过去问他几个问题。”

“可怜的卡斯特先生。”

“说可怜的卡斯特先生也没用，亲爱的。如果他真的是 ABC，他已经制造了四起恐怖的谋杀案了。”

莉莉叹了口气，摇摇头。

“真可怕。”莉莉说。

“好了，我们去吃点儿东西吧。你想想，如果我们没弄错的话，我的名字会出现在报纸上！”

“哦，汤姆，会吗？”

“当然，还有你的名字，你母亲的名字。我敢说，报纸上还会登出你的照片。”

“哦，汤姆。”莉莉心内一阵狂喜，抱紧汤姆的胳膊。

“对了，我们去角落屋吃午饭怎么样？”

莉莉把他的胳膊抱得更紧了。

“那就快走吧！”

“好的，你稍等我一会儿。我得去车站打个电话。”

“给谁打电话？”

“我要见的一个女孩。”

她脚步轻快地穿过马路，三分钟后，她又回到他身边，看起来心情很愉快。

“现在可以走了，汤姆。”

她挎起他的胳膊。

“再跟我说说苏格兰场的事。你没在那儿见到另一个人？”

“什么另一个人？”

“那个比利时绅士。ABC 总给他写信的那个。”

“没见到，他不在。”

“把整个经过讲给我听听。你进去以后发生了什么事？你跟谁说过话，你都说了些什么？”

2

卡斯特先生把电话听筒轻轻放回原位。

他回到房门口，马伯里太太正站在那里，显然，她很好奇。

“很少有人打电话找你吧，卡斯特先生？”

“是，呃，是的，马伯里太太。不常有。”

“不会是什么坏消息吧？”

“不是，不是。”这个女人真是纠缠不休。这时，他的目光落在手里的那张报纸的标题上。

出生——结婚——死亡……

“我妹妹刚生了个儿子。”他不假思索地说。

他——根本没有妹妹!

“哦，天哪！这是好事啊。”——这么多年从来没听他提起过他有妹妹，这是她心里的想法，男人就是这样——“我告诉你啊，那位女士说要和卡斯特先生讲话时，我很纳闷。一开始我还以为是莉莉呢，她的声音和莉莉的有点儿像，只是更傲慢一些，如果你明白我的意思——有一种高高在上的感觉。好了，卡斯特先生，祝贺你。这是她的第一个孩子，还是你有其他的小外甥或外甥女？”

“就这一个，”卡斯特先生说，“我只有这一个外甥，或者说，可能只有这一个，哦，我想，我得马上走了。他们，他们希望我过去，我，我想，如果抓紧时间，还能赶上火车。”

“你会去很长时间吗，卡斯特先生？”他往楼上跑时，马伯里太太在他身后喊道。

“哦，不会，也就两三天吧。”

他消失在自己的卧室里。马伯里太太退回到厨房，充满柔情地想着“那个可爱的小男孩”。

突然，她感到一阵内疚。

昨天晚上汤姆和莉莉一直在核对日期！试图弄清楚卡斯特先生是否就是那个恶人，ABC。仅仅是因为他名字的缩写和几个巧合。

“他们应该没当真。”她宽慰自己，“我希望他们现在为自己的行为感到惭愧。”

她自己也解释不清到底是为什么，总之，卡斯特先生这番妹妹生了个儿子的话完全打消了马伯里太太的疑虑，她不再怀疑这个房客的诚信。

“希望她没太受罪，可怜的女人。”马伯里太太心里想，在熨烫莉莉的丝绸衬裙前，她先把熨斗放在脸上试了一下温度。

她的思绪舒舒服服地跑到了产科的老调子上。

卡斯特先生轻轻地下了楼，手里拎着包。他的目光在电话机上停留了一会儿。

刚才那段简短的谈话在他脑子里回响。

“是你吗，卡斯特先生？你可能想知道，苏格兰场的一位警督可能会去找你……”

他说了什么？他记不起来了。

“谢谢你，谢谢你，亲爱的……你真好……”

诸如此类的话。

她为什么要给他打电话？也许她已经猜到了？还是她只想确保他会在家里等着那个警督到访？

可是她怎么知道那个警督会来呢？

还有她的声音——为了不让她母亲听出来，她还故意伪装了声音。

看来，看来，她知道了……

但如果她真的知道，她不会……

不过，也有可能。女人真是太奇怪了。意想不到的残忍，又意想不到的仁慈。他见过莉莉把一只老鼠从鼠夹中放跑。

她是个善良的姑娘……

一个善良、漂亮的姑娘……

他在大厅挂雨伞和外套的衣帽架前站住。

他应该……

厨房里的响动让他做了个决定……

不，没有时间了……

马伯里太太可能要出来……

他打开前门，走到门外，又关上了门。

去哪儿呢……

第二十九章　在苏格兰场

又开会了。

与会者有助理警察局局长、克罗姆警督、波洛，还有我。

正在发言的是助理警察局局长。

“波洛先生，你那个调查长筒袜销售情况的建议很好。”

波洛摊开双手。

“调查结果显示，此人不是正规代理商，而是直接上门推销。”

“现在一切都清楚了，警督？”

“我想是的，长官。”克罗姆警督看着一份卷宗，“我能概括一下目前的进展吗？”

“可以，请吧。”

“我已经和彻斯顿、佩恩顿和托基那边核对过了。拿到了一份他的顾客名单。我得说，他做得相当周密。他住在皮特，那是托雷车站附近的一家小旅馆。案发当晚十点半，他回到旅馆。可能乘坐九点五十七分的火车从彻斯顿出发，十点二十分到达托雷。火车上和车站里没有一个人符合对他的描述，不过，那个星期五正好举行达特茅斯赛舟会，从金斯威尔返回的火车上坐满了人。

“贝克斯希尔的情况也大致相同。他用自己的名字入住环球旅社。他去过十来个地方推销袜子，其中包括巴纳德太太家和姜黄猫咖啡馆。他在傍晚时分离开旅馆。第二天上午十一点半左右回到伦敦。至于安德沃尔，也是同样的过程。住在菲瑟斯旅馆，曾向阿谢尔太太的邻居福勒太太和那条街上的六七个人推销过袜子。我从阿谢尔太太的外甥女德劳尔那里拿到的袜子和卡斯特卖的袜子完全一样。”

“目前为止不错。”助理警察局局长说。

“根据得到的消息，”警督说，“我去了哈廷格先生给的那个地址，结果发现卡斯特先生在大约半个小时前离开了。我听说，他接了一个电话。这是第一次有人给他打电话，他的房东这么告诉我。”

“有同伙？”助理警察局局长提醒道。

“应该不是。”波洛说，“很奇怪，除非——”

他不说了，我们都好奇地看着他。

警督摇了摇头，接着说：

“我彻底检查了他的住处。事情再清楚不过了。我找到了一沓和那些信纸类似的便笺纸，在存放袜子的柜子后部还有大量袜子——以及形状和大小相同的包装盒，结果我们发现里面装的不是袜子，而是八本新的 ABC 列车时刻表！”

“铁证如山。”助理警察局局长说。

“我还发现了别的东西，”警督说，由于得意，他的声音突然有了些人情味，“今天上午才发现的，还没来得及汇报。我们没在他的房间里找到刀——”

“把刀带回家是低能儿的行为。”波洛评论道。

“毕竟他不是一个理性的人。”警督评论道，“不管怎么说，我想到他有可能把刀子带回家，然后又意识到，正如波洛先生所说的，万一藏不好会很危险——他便去寻找别的地方。他会把刀藏在什么地方呢？我一下子就想到了。大厅的衣帽架——没有人会动衣帽架。我费了好大劲儿才把衣帽架从墙边挪开，它就在那里！”

“是那把刀吗？”

“是那把刀。毫无疑问。上面还留着干了的血迹。”

“干得好，克罗姆。”助理警察局局长赞许地说，“再有一样东西就行了。”

“什么？”

“那个凶手。”

“我们会抓住他的，长官。别担心。”

警督满怀信心。

“你怎么想，波洛先生？”

波洛从沉思中惊醒。

“请再说一遍。”

“我们说要抓住那个人只是时间问题。你同意吗？”

“哦，这个，是的。毫无疑问。”

他的语气是那么心不在焉，以至于所有人都好奇地看着他。

“有什么事困扰着你吗，波洛先生？”

“有一件事令我非常困扰。这就是原因。他的动机何在？”

“亲爱的朋友，那人是个疯子。”助理警察局局长不耐烦地说。

“我明白波洛先生的意思。”克罗姆很有风度地为他解围，“他说得很对。这个人肯定有强迫症。我想，我们可以从一种强烈的自卑情结中找到问题的根源。他也可能有被迫害妄想症，如果是这样，他可能会把它同波洛先生联系在一起。他可能误认为波洛先生是我们雇来追捕他的侦探。”

助理警察局局长的鼻子哼了一声，说：“这就是时下流行的行话。在我那个年代，如果一个人疯了，他就是疯了，我们才不会为了表达委婉而找什么科学术语。我想，一个十足的现代派医生会建议把ABC这种人送进疗养院，然后连着四十五天告诉他，他是怎样的一个好人，再把他当成一个负责任的社会成员放出去。”

波洛笑而不答。

会议就此散了。

“那么，”助理警察局局长说，“正如你所说，克罗姆，逮捕他只是时间问题。”

“如果他不是相貌平平，我们早就抓住他了。实际上，我们让太多无辜的百姓担惊受怕了。”

“不知道他现在在哪里。”助理警察局局长说。

第三十章　并非黑斯廷斯上尉的个人叙述

卡斯特先生站在一个蔬菜水果店旁。

眼睛盯着马路对面。

是的，就是这里。

阿谢尔太太。那个烟杂店……

空空的窗户上立着个牌子。

牌子上写着两个字："招租。"

空空如也……

毫无生气……

"请让一下，先生。"

蔬菜水果店的老板娘要拿几个柠檬。

他说了声对不起，让到一边。

他慢慢地拖着脚离开——返回镇子的主街……

很难……非常难……现在他已身无分文……

一整天没吃东西，身体不舒服，头晕目眩……

他看到一张贴在报刊店门外的海报。

ABC谋杀案。凶手依然在逃。采访赫尔克里·波洛先生。

卡斯特自言自语道：

"赫尔克里·波洛，不知道他是否知道……"

他继续往前走。

站在那里盯着海报看毫无用处。

他想：

"我走不了多远了……"

一脚前，一脚后……走路是多么奇怪……

一脚前，一脚后——荒谬。

太荒谬了……

总之，人就是一种荒谬的动物……

而他，亚历山大·波拿巴·卡斯特尤其荒谬。

他一直是这样……

人们总是嘲笑他……

他不能怪他们……

他要到哪里去？他不知道。他走到了尽头。他哪儿也不看，只盯着自己的脚。

一脚前，一脚后。

他抬头向上看。前面有灯光，还有字母……

警察局。

"真滑稽。"卡斯特先生说着，咯咯笑了几声。

接着，他迈步走了进去。突然，他身子一晃，扑倒在地。

第三十一章　赫尔克里·波洛提问

这是十一月份的晴朗的一天。汤普森医生和总督察贾普前来拜访波洛，通知他治安法院审理雷克斯·V. 亚历山大·波拿巴·卡斯特一案的结果。

波洛因为受凉引起轻微的支气管炎，无法出席。幸好他没坚持要我陪他。

“交付审判，”贾普说，“就这样了。”

“这不是很反常吗？”我问，“在这个阶段进行辩论？我以为囚犯总是保留辩护权的。”

“这是正常程序，”贾普说，“我想，年轻的卢卡斯认为他可以快速处理完毕。我要说，卢卡斯是个试验者。精神失常是唯一可能的辩护理由。”

波洛耸了耸肩。

“精神失常的凶手不会被宣判无罪。恢复神志期间被囚禁并不比判死刑好。”

“卢卡斯可能认为他还有机会，”贾普说，“只要他有确凿的证据，证明贝克斯希尔谋杀案发生时不在现场，整个案子就会被削弱。我想，他还没有意识到我们掌握了充分的证据。不管怎么说，卢卡斯喜欢追求新奇事物。年轻人总是希望吸引公众的视线。”

波洛转向汤普森。

“你有什么高见，医生？”

“对卡斯特吗？说实话，我不知道说什么好。他出色地扮演了一个神志清醒的人。当然，他是个癫痫病患者。”

“多么令人惊异的结局啊。”我说。

“由于癫痫病发作，他倒在安德沃尔警察局的院子里了？是啊，用这种方式拉开戏剧的帷幕再合适不过了。ABC 总是能选择合适的时机制造他想要的效果。”

“有没有这种可能，他杀了人自己却浑然不知？”我问，“他否认自己犯罪似乎不无道理。”

汤普森医生笑了笑。

“不要因为他煞有介事地向上帝起誓，你就相信他的话。我认为，卡斯特很清楚自己杀了人。”

“他们像平时一样热诚。”克罗姆说。

“否认的言辞通常是激烈的。”贾普说。

“至于你提的那个问题，”汤普森继续说，“当癫痫病人处于梦游状态时，做了某件事却浑然不觉是完全有可能的。但医学界普遍认为，这样的行为‘不能违背本人在清醒状态下的意愿’。”

他继续谈论这个话题，说起癫痫大发作和癫痫小发作，说实话，当一个学问精深的人滔滔不绝地大谈自己的专业问题时，我通常会陷入不可救药的困惑之中。

“总之，我不赞成认为卡斯特不知道自己犯了罪的观点。如果没有那些信，这个观点或许成立。那些信相当于给这个观点迎头一击。它们表明犯罪是有预谋的，是经过精心策划的。”

“我们至今无法解释那几封信。”波洛说。

“你对这个感兴趣？”

“当然，信是写给我的。关于信的问题，卡斯特闭口不答。除非找到他给我写信的动机，否则，我认为这个案子还没有破。”

“是啊，站在你的角度，我能理解。没找到任何理由说明他为什么要针对你？”

“什么理由都没有。”

“我可以提个建议。你叫什么名字？”

“我叫什么名字？”

“是的，卡斯特有两个极其夸张的教名：亚历山大和波拿巴，显然，他背负着他母亲的奇思怪想，我毫不怀疑他有俄狄浦斯情结——你明白其中的含义了吗？亚历山大大帝——通常认为，他渴望征服更广阔的世界，而且他是无法被击败的；拿破仑·波拿巴——法兰西帝国伟大的皇帝。他想要一个对手，一个能与之抗衡的对手。那就是你——大力神赫拉克勒斯（Hercules）。”

“你的话提醒了我，医生。鼓励我坚持原本就有的想法……”

“哦，这只是个建议。好了，我得走了。”

汤普森医生走了。贾普留了下来。

“他有不在场证明，你是不是很担心？”波洛问。

“有一点儿。”警督承认，“不过，请注意，我不相信，因为我知道那不是真的。但它可以打破这个僵局。斯特兰奇是个强悍的家伙。”

“跟我说说他的情况。”

“他四十多岁，是个坚韧、自信、固执己见的采矿工程师。我个人认为，是他坚持要现在采集证据。他打算去智利，希望尽快把手上的事办完。”

“他是我这辈子见过的最自信的人之一。”我说。

“那种不愿意承认自己错了的人。”波洛若有所思地说。

“他坚持自己的说法，而且不容置疑。他发誓说，七月二十四号晚上，他在伊斯特本的白十字酒店碰到了卡斯特。他当时很孤独，希望找个人聊聊。在我看来，卡斯特是个理想的倾听者。别人说话的时候，他不会去打断！吃完晚饭，他和卡斯特玩了一会儿多米诺骨牌。斯特兰奇是玩这种游戏的高手，出乎他意料的是，卡斯特也是这方面的奇才。真是个奇怪的游戏，多米诺骨牌。人们为之疯狂。一玩就是好几个小时。显然，斯特兰奇和卡斯特正是这样做的。卡斯特本来想去睡觉了，但斯特兰奇不愿意——发誓说他们可以坚持玩到半夜十二点，他们确实玩到了半夜。他们十二点过十分钟才分开。如果说，二十五号凌晨零点十分的时候，卡斯特还在伊斯特本的白十字酒店，那么午夜到凌晨一点之间他就不可能在贝克斯希尔的海滩上勒死贝蒂·巴纳德。”

“这个问题确实很难避开。”波洛若有所思地说，“同时也令人深思。”

“这也让克罗姆有所思考。”贾普说。

“这个斯特兰奇对自己的证词深信不疑？”

“是的，这个家伙固执得很，很难从他的话里找到漏洞。假设，斯特兰奇弄错了人，那个人并不是卡斯特——那他为什么非要说那个人叫卡斯特呢？而且酒店的登记簿上写的就是他的名字。不能说他是共犯——杀人狂没有共犯！那么，那个姑娘的死亡时间是不是要推后了？法医坚信他推断的死亡时间没有错，而且不管怎么说，卡斯特从伊斯特本的酒店里出来，还不能被人发现，再赶大约十四英里的路到贝克斯希尔，这是要花些时间的——”

“这是个问题——是的。”波洛说。

“当然，严格说来，这一点无关紧要。唐卡斯特谋杀案肯定是卡斯特干的——那件沾有血迹的外套，那把刀——没有漏洞。不能逼迫陪审团判他无罪。但这样会毁掉一个漂亮的案子。他制造了唐卡斯特谋杀案，他制造了彻斯顿谋杀案，他制造了安德沃尔谋杀案。见鬼，他肯定也制造了贝克斯希尔谋杀案。我却不知道他是怎么干的！”

他摇了摇头，站了起来。

“现在你的机会来了，波洛先生。”他说，“克罗姆一头雾水。开动你的脑细胞吧，我可是久仰大名。让我们看看他是怎么作案的。”

贾普离开了。

“怎么样，波洛？”我说，“你的灰质细胞能胜任这份工作吗？”

波洛用另一个问题回答我。

“告诉我，黑斯廷斯，你认为这个案子结了吗？”

“哦，是的，实际上已经结了。我们抓到了凶手，也掌握了大部分的证据。我们现在需要的只是装饰品。”

波洛摇了摇头。

“这个案子结了！案子！案子就是那个人，黑斯廷斯。除非我们完全了解那个人，否则，这个谜题依然深不可测。把他送上被告席并不代表我们胜利了！”

“我们已经很了解他了。”

“不，我们对他一无所知！我们知道他在哪里出生，知道他参过军打过仗，知道他头部受了点儿轻伤，知道他是因为癫痫病而退役的，知道他在马伯里太太家住了将近两年，知道他的性格安静、孤僻——是那种不会引人注意的人。我们知道他计划并实施了一个极其聪明的系统化谋杀的阴谋。我们知道他犯了一些非常愚蠢的大错。我们知道他杀起人来毫无怜悯之心，手段相当残忍。我们还知道他是个心地善良的人，不会让任何人承担他犯下的罪过。如果他想心无旁骛地杀人——让其他人背负他的罪行是多么容易。黑斯廷斯，你发现了没有？这个人简直是个矛盾的混合体。愚蠢而又狡猾，冷酷而又高尚，一定有某种主导性的因素在调和这些矛盾的特质。”

“当然，如果你把他当成一个心理学的研究对象。”我开口道。

“从案子一开始不就是这样吗？我一直在摸索——试图了解凶手。现在我意识到，黑斯廷斯，我一点儿也不了解他！我很茫然。”

“对权力的极度渴望——”我说。

“是——这可以解答很多问题……但我并不满意。我还想知道一些事。他为什么要杀人？他为什么偏偏要杀那些人？”

“按照字母顺序——”我说。

“难道整个贝克斯希尔只有贝蒂·巴纳德一个人的名字是以字母B开头的吗？贝蒂·巴纳德——我忽然有了个想法……应该是对的，肯定是对的。但如果是这样——”

他沉默了一会儿。我不想打断他。

事实上，我睡着了。

醒来时，我发现波洛把手搭在我肩膀上。

“我亲爱的黑斯廷斯，”他充满深情地说，“我的天才。”

他突然的赞美把我搞糊涂了。

“我说的是真话。”波洛坚持道，“一直是这样—— 一直是，你帮助我——给我带来好运。你使我受到启发。”

“这次我是怎么启发你的？”我问。

“我问自己问题时，忽然想起你说过的一句话—— 一句清晰而闪亮的话。我不是对你说过吗，你在陈述明显的事实方面是个天才。显然，我忽略了明显的事实。”

“我说了什么了不起的话？”我问。

“一切因此变得一清二楚。我找到了所有问题的答案。他为什么会选择阿谢尔太太——说实话，很久以前我就隐约感觉到了——为什么会选择卡迈克尔·克拉克爵士，为什么会制造唐卡斯特谋杀案，最后也最重要的是，他为什么要给赫尔克里·波洛写信。”

“你能解释一下吗？”我问。

“现在不行。我还需要一些信息，这个信息可以从特别小组那里获得。然后，然后，等我有了这个问题的答案，我会去见 ABC。我最终会和他面对面——ABC 和赫尔克里·波洛——两个对手。”

“然后呢？”我问道。

“然后嘛，”波洛说，“我们会展开谈话。我向你保证，黑斯廷斯，对于一个有所隐瞒的人来说，没有什么比谈话更危险的了！一位睿智的法国老人曾经这样对我说过：‘人类为了阻止思考而发展出了说话的能力，如果你想发现隐藏的东西，这是一种可靠的手段。’黑斯廷斯，谈话为人们提供了一个揭示自我和表达个性的机会，遇到这种机会，人们往往无法抗拒，而且每次都会露出原形。”

“你期望卡斯特告诉你什么呢？”

赫尔克里·波洛露出微笑。

“谎言，”波洛说，“而我将通过谎言了解真相！”

第三十二章　抓住狐狸

接下来的几天，波洛异常忙碌。他神秘缺席，少言寡语，眉头紧锁，始终拒绝满足我的好奇心，他夸赞我优秀，但我到底优秀在哪里呢？

他行踪神秘，也不再邀请我同行——我对此有点不满。

不过，快到周末时，他宣布要去贝克斯希尔及其附近地区走一趟，还建议我和他一起去。我当然欣然同意。

后来，我发现他不仅仅邀请了我。特别小组的全体成员都在受邀之列。

他们和我一样，都对波洛的邀请感到好奇。不过，当一天快结束时，我总算对波洛的思想动向有所了解了。

他首先去拜访了巴纳德夫妇。巴纳德太太准确地向他讲述了卡斯特先生是什么时间来找她的，以及具体对她说了哪些话。然后，他去了卡斯特住过的那家旅馆，掌握了他离店的详细情况。据我判断，他提的那些问题并没有引出新线索，但他似乎很满意。

接下来，他去了海边——那个发现贝蒂·巴纳德尸体的地点。他在那里转着圈走了几分钟，专心致志地研究鹅卵石。我不明白这么做的意义何在，因为那个地方一天有两次会被潮水淹没。

然而，这次我明白了，通常，波洛的每一个行为都被某个理念指引着——无论看起来多么没有意义。

随后，他从海滩走到最近的一个停车点。又从那儿走到长途汽车站，那些汽车从贝克斯希尔出发，开往伊斯特本。

最后，他带着我们所有人去了姜黄猫咖啡馆。那个胖乎乎的女服务员米莉 · 希格利为我们端来了有些变味的茶水。

他用圆滑的法国风格对她的脚踝大加赞美。

“英国女人的腿——太细了！你就不一样了，小姐，你有一双完美的腿。腿型很美，脚踝也很美！”

米莉 · 希格利咯咯笑了好一会儿，让他别再说下去了。她知道法国男人什么样。

波洛懒得反驳她，没指出她说错了他的国籍。他向她抛媚眼的样子令我吃惊，甚至可以用震惊来形容。

“好了。”波洛说，“我在贝克斯希尔要做的事已经做完了。接下来我要去伊斯特本。我在那儿还要做个小小的调查——就是这样。你们不必都陪着我。回到酒店后，我们得喝杯鸡尾酒。这个卡尔顿茶简直是糟透了！”

我们品尝鸡尾酒时，富兰克林 · 克拉克好奇地说：

“我想，我们能猜到你在调查什么。你这次出来是想破坏他不在犯罪现场的证据。但我不明白你有什么可高兴的。你没有查到任何新情况。”

“没有，你说得对。”

“所以呢？”

“耐心一些。等时间到了，一切自然会明了。”

“看样子你很得意。”

“目前为止，还没有任何东西能否定我那个小小的观点——这就是原因所在。”

他的脸色变得严肃起来。

“我的朋友黑斯廷斯曾经告诉我，他年轻时玩过一个叫‘真心话’的游戏。这个游戏的玩法是这样的：每一个人被轮流问三个问题——其中有两个问题必须如实作答。第三个问题可以弃而不答。当然，问的全是些最不得体的问题，不过从一开始，每个人都必须保证他说的全部是事实，绝无例外。”

他停了下来。

“然后呢？”梅根说。

“好吧——我，我想玩玩这个游戏。没必要非得是三个问题。一个问题就够了。我问你们每个人一个问题。”

“当然可以，”克拉克不耐烦地说，“我们愿意回答任何问题。”

“啊，但你们一定要认真一些，都能发誓说真话吗？”

他的表情极其严肃，所有的人虽然困惑不解，但也跟着他变得严肃起来。他们都按照他的要求发了誓。

“好，”波洛愉快地说，“我们开始吧——”

“我已经准备好了。”托拉·格雷说。

“啊，女士优先——不过这次我们就不讲什么礼貌了。先从其他人开始吧。”

他转向富兰克林·克拉克。

“我亲爱的克拉克先生，你怎么看今年阿斯科特赛马场上女士们戴的帽子？”

富兰克林·克拉克盯着他。

“你是在开玩笑吗？”

“当然不是。”

“这真的是你要问的问题？”

“是的。”

克拉克咧开嘴笑了。

“好吧，波洛先生，我没去看阿斯科特赛马会，但我见过她们坐在汽车里，从这一点上判断，女士们参加赛马会时戴的帽子比她们平时戴的帽子还要可笑。”

“很古怪，是吗？”

“相当古怪。”

波洛笑了一下，转向唐纳德·弗雷泽。

“今年你是什么时候休假的，弗雷泽先生？”

这回轮到弗雷泽瞪大眼睛了。

“我的假期？八月的前两个星期。”

他的脸突然抖了一下。我猜，这个问题让他想起了那个他曾经爱过但已经死了的女孩。

波洛似乎没太在意他的回答。他接着转向托拉·格雷。我听出他的语气稍有不同。他的声音绷得很紧，问题也更尖锐清晰。

“小姐，倘若克拉克夫人去世，如果卡迈克尔·克拉克爵士向你求婚，你会嫁给他吗？”

女孩一下子跳了起来。

“你竟敢问我这样的问题。你——你是在羞辱我！”

“也许吧。可是你已经发过誓要讲真话了。说吧，嫁还是不嫁？”

“卡迈克尔爵士对我非常好，几乎把我当成他的女儿。我对他的感情也很深，而且一直心存感激之情。”

“请原谅，你没有回答嫁还是不嫁，小姐。”

她犹豫了一下。

“我的回答当然是不嫁！”

波洛没有做任何评价。

“谢谢你，小姐。”

他转向梅根·巴纳德。这个姑娘脸色惨白、呼吸困难，仿佛要打起精神迎接一场严峻的考验。

从波洛嘴里发出的声音好似挥动鞭子的噼啪声。

“小姐，你希望我的调查有怎样的结果？你想让我查明真相吗——还是不想？”

她的头骄傲地向后一仰。我能猜到她会怎么回答。我知道，梅根对真相抱有狂热的激情。

她的回答清晰明了——我被惊呆了。

“不想。”

我们全都跳了起来。波洛把身体向前倾，观察她的脸。

“梅根小姐，”他说，“你可能不想要真相，但是——我发誓，你可以说出来！”

他转身向门口走，但似乎又想起了什么，于是走向玛丽·德劳尔。

“告诉我，我的孩子，你有男朋友吗？”

看上去很不安的玛丽听到这句话吃了一惊，脸一下子红了。

“哦，波洛先生，我，我，呃，我不太确定。”

他笑了。

“那么，好吧，我的孩子。”

他环顾四周，目光在找我。

“好了，黑斯廷斯，我们得出发去伊斯特本了。”

有辆车在外面等我们，很快，我们就行驶在经佩文西到伊斯特本的海滨公路上了。

“问你点儿事情有用吗，波洛？”

“暂时别问。你自己来为我正在做的事下结论吧。”

我再次陷入沉默。

扬扬得意的波洛嘴里哼着小曲。经过佩文西时，他提议下车参观一下城堡。

往回走时，我们站了一会儿，看一群孩子围成一圈——从她们的装束来看，我猜是七岁到十岁之间的女童子军——她们正用尖尖的嗓子唱着歌谣……

“她们唱的是什么，黑斯廷斯？我听不清歌词。”

我仔细听，听懂了副歌的内容。

——抓住一只狐狸，
把它关进笼子里，
再也不让它跑掉。

“抓住一只狐狸，把它关进笼子里，再也不让它跑掉！”波洛重复道。

他的脸色突然变得严肃认真起来。

“这很可怕，黑斯廷斯。”他沉默了一分钟后说，“你在这里猎狐吗？”

“不。我可打不起猎，而且我觉得也很少有人在这里打猎。”

“我是指英国的总体情况。真是一项奇怪的运动。埋伏在隐蔽的地方，然后发出‘嗬嗬’的叫声，不是吗？然后开始追逐，穿过田野，越过树篱和沟渠，狐狸跑——有时候会原路跑回来——而那些狗——”

“猎狗！”

“——猎狗会追踪它，最后，它们抓住了它，狐狸死了，死得又快又凄惨。”

“听起来挺残忍，但真的——”

“狐狸喜欢这样吗？别说蠢话，我的朋友。不管怎么说，残忍地速死总比孩子们歌中唱的情形好。”

“关在……一只笼子里……再也……不，这样不好。”

他摇了摇头。接着，他换了一种口吻，说：

“明天，我要去见那个叫卡斯特的家伙。”接着，他对司机说，“回伦敦。”

“你不去伊斯特本了？”我叫道。

“有这个必要吗？我已经达到目的了，我了解到的东西已经足够了。”

第三十三章　亚历山大·波拿巴·卡斯特

波洛同那个怪人——亚历山大·波拿巴·卡斯特——见面时，我不在场。由于波洛与警方的关系以及本案的特殊情况，他毫不费力就从内政部获得了许可令——但我不在许可令的允许范围内。不管怎么说，在波洛看来，这次见面是绝对私人的，也就是说，只有他们两个人面对面。

尽管如此，他事后还是向我详细讲述了他们见面的经过，我满怀信心地记录下来，就像我当时也在场一样。

卡斯特先生整个人似乎变得干瘪了，驼背也更明显了，他心不在焉地拉扯着外套。

我猜，波洛有那么一会儿没吭声。

他坐在那里，看着对面那个人。

房间里的气氛变得很安静，镇定，充满了无穷无尽的闲适……

一场漫长的戏剧进入尾声时，两个对手终于见面了，这一定是非常戏剧性的时刻。我觉得波洛应该激动不已才对。

然而，波洛是一个讲究实际、做起事来不带任何感情色彩的人。他正全神贯注地在对面那个人身上制造某种效果。

最后，他温和地说：

“你知道我是谁吗？”

卡斯特摇摇头。

“不，不，我不能说我知道，除非你是卢卡斯先生的——他们怎么叫来着——下级。或者你是梅纳德先生派来的？”

梅纳德和科尔是他的辩护律师。

他很有礼貌，但显然兴趣不大。他似乎正沉浸在自己的空想里。

“我是赫尔克里·波洛……”

波洛非常温和地说出这几个字……然后仔细观察他的反应。

卡斯特先生微微抬起头。

“哦，是吗？”

他说这句话时的神态和克罗姆警督一样自然，只是没有他那么傲慢。

一分钟后，他又重复了一遍这句话。

“哦，是吗？”他说，这次他的语气变了，他的兴趣来了。他抬起头，看着波洛。

赫尔克里·波洛和他对视，轻轻点了一下头。

“是的，”他说，“我就是你写的那些信的收信人。”

他们中断了目光接触。卡斯特先生垂下眼帘，暴躁地说：

“我从来没给你写过信。那些信不是我写的。我已经说过很多遍了。”

“我知道，”波洛说，“可是，如果那些信不是你写的，又是谁写的呢？”

“仇人。我肯定有仇人。你们全都跟我对着干，警察，你们每一个人，所有人都跟我作对。这是一个巨大的阴谋。”

波洛没有回应。

卡斯特先生说：

“每个人都跟我作对，一直跟我作对。”

“从你小的时候就是这样吗？”

卡斯特先生似乎在考虑这个问题。

“不，不，小时候不是这样。我母亲很喜欢我，但她是个有抱负的人——野心勃勃，所以给我起了这个荒唐的名字。她有个可笑的想法，觉得有朝一日我能出人头地。她总是敦促我表现自己，她总是谈论意志力……还说每个人都能成为自己命运的主人……她说我可以做成任何事！”

他沉默了一分钟。

“当然，她大错特错。我很快就明白自己是谁了。我不是那种能飞黄腾达的人。我总是做傻事，让自己看起来很可笑，而且我天生胆小怕事。我在学校里的日子很不好过，男孩们知道我的教名后，经常取笑我……我在学校的表现很差，无论是做游戏，还是功课，一切都很差。”

他摇摇头。

“幸好，我可怜的母亲死了。她对我很失望……即使在读商科的时候，我也挺笨的——我学会打字和速记用的时间也比别人长，但我并不觉得自己愚蠢——如果你明白我的意思。”

突然，他向对面的人投去哀求的眼神。

“我明白你的意思。”波洛说，“继续说吧。”

“只是我感觉所有人都认为我蠢。这很令人气馁。后来在办公室工作的情形也是一样。”

“还有后来打仗的时候？”波洛提示他。

卡斯特先生的脸一下子亮了。

“你知道吗？”他说，“我喜欢战争。我所经历的战争。我第一次感觉自己和别人一样。我们处在同样的困境里。我和其他人一样棒。”

他的笑容渐渐消失了。

“后来，我头部受了伤。非常轻的伤。但他们发现我的病情偶尔发作……当然，我一直都知道，有时候我不太清楚自己在做什么。一时疏忽，你知道。当然，我摔倒过一两次。但不能因为这个就让我退伍吧。我认为这不公平。”

“后来呢？”波洛问。

“我谋了份当职员的差事。当时有很多钱可赚。战后，我的境况不太差。当然，薪水低一些。升职的时候总也轮不到我。我不够上进。生活变得艰难起来，真的非常艰难……尤其是大萧条来的时候。说实话，我赚的那点儿钱只够糊口的。但作为一名职员，总要穿得体面些，直到我得到这份推销长筒袜的工作。薪水加佣金！”

波洛温和地说：

“但你知不知道，你说的那个雇用你的公司否认这件事？”

卡斯特先生再次激动起来。

“那是因为他们有阴谋，他们肯定有阴谋。”

他继续说：

“我有书面证据，书面证据。我有他们写给我的信，告诉我去什么地方，见什么顾客。”

“不是严格意义上的书面证据，不是手写的，是用打字机打的。”

“都一样。从事生产批发的大公司自然会用打字机打信。”

“卡斯特先生，你难道不知道打字机是可以被辨认出来的吗？那些信都是用一台特定的打字机打出来的。”

“怎么了？”

“那台打字机是你的，就是在你的房间里找到的那台。”

“那是我刚开始工作时公司送给我的。”

“是的，但这些信是后来才收到的。所以，看起来就像你自己打了信，又把信寄给你自己，不是吗？”

“不，不。这是他们暗算我要的花招。”

他突然补充道：

“除此之外，他们的信是用同一种打字机打的。”

“同一种类型的打字机，但并不是同一台打字机。”

卡斯特先生固执地重复说：

“这是个阴谋。”

“那么，那些在壁橱里找到的 ABC 呢？”

“我根本不知道有那些东西，我以为都是长筒袜。”

“在第一张安德沃尔的名单上，你为什么要勾掉阿谢尔太太的名字？”

“因为我决定从她开始推销。人总要从某个地方开始嘛。”

“对，没错。人总要从某个地方开始。”

“我不是那个意思！”卡斯特先生说，“不是你说的那个意思！”

“但你知道我是什么意思吗？”

卡斯特先生什么也没说，他在颤抖。

“不是我干的！”他说，“我是无辜的！这完全是个错误。哎呀，你看第二起谋杀案——贝克斯希尔那次。我当时在伊斯特本玩多米诺骨牌。你必须承认这一点！”

他的语气非常得意。

“是的，”波洛说，他在沉思——语气温和，“搞错一个日子很容易，不是吗？如果你是个顽固而自信的人，就像斯特兰奇先生那样，你根本不会考虑有可能弄错。你会坚持己见……他就是那种人。那个住宿登记——签字的时候写下错误的日期很容易——当时很可能没有人会注意到。”

“那天晚上我在玩多米诺骨牌。”

“你的多米诺骨牌玩得很好，我相信。”

听了这句话，卡斯特先生有些慌张。

“我，我，哦，我相信我玩得很好。”

“这是个很吸引人的游戏，对吗？需要懂很多技巧？”

“哦，需要动脑子，动脑子！我们过去在城里常玩这个，在午休时间玩。你听了会惊讶，完全不认识的人因为玩多米诺骨牌聚到一起。”

他轻声笑了起来。

“我记得一个人，因为他对我说过的那些话，我永远也不会忘记他——我们一边喝咖啡，一边聊天，后来一起玩多米诺骨牌。才过去二十分钟，我就感觉像认识他一辈子了似的。”

“他对你说什么了？”波洛问道。

卡斯特的脸色阴沉下来。

“他的话让我心里一惊，大吃一惊。他说命运就写在你自己的手上。他给我看了他的手，他的手纹显示他有两次差点儿淹死——他确实有两次死里逃生。随后，他看了看我的手，告诉了我一些不可思议的事。他说我死前会成为英格兰最著名的人物，他说整个国家都会谈论我，可是，后来他又说，他又说……”

卡斯特先生崩溃了，说话支支吾吾。

“他说什么了？”

波洛的凝视中有一种平静的魔力。卡斯特先生看着他，然后把视线移开，再把目光转向他，就像一只着了迷的兔子。

“他说，他说，我可能会横死，他大笑着说：‘你好像会死在绞刑架上。’随后，他大笑起来，说他只不过是跟我开个玩笑……”

卡斯特突然沉默了，视线从波洛的脸上移走——飘来飘去……

“我的头，我的头很疼……有时候，头疼是一件很残酷的事。有时候，我不知道，我不知道自己干过……”

他崩溃了。

波洛凑过身，用非常平静、自信的口气说。

“但你知道，对不对，”他说，“你杀了人？”

卡斯特先生抬起头。他的眼神简单而直接。所有的抗拒离他而去。他看上去异常平和。

“是的，”他说，“我知道。”

“可是——你看我说得对不对——你并不知道自己为什么要那样干。”

卡斯特先生摇摇头。

“对，”他说，“我不知道。”

第三十四章　波洛的案情分析

我们全神贯注地坐在那里，听波洛对本案的最终解释。

他说："我一直为本案的起因发愁。有一天，黑斯廷斯对我说，这个案子已经结了。我回答他，这个案子就是那个家伙！这个谜并不是谋杀之谜，而是ABC之谜。为什么他非杀人不可？为什么他挑选我作为他的对手？

"有人说那家伙精神错乱，但这不能算答案。说一个人做疯狂的事，因为他是个疯子，这种说法是愚蠢的，只有缺乏才智的人才会这么说。疯子的行为和正常人一样，也是合乎逻辑的，经过周密思考的，只不过在常人看来，他的观点是古怪的、偏执的。举个例子，如果一个人出门，身上只围了块遮羞布，还要走到哪儿蹲到哪儿，你会觉得他的行为反常至极。可是一旦你知道他认定自己是圣雄甘地，那么，他的行为就变得合理了、符合逻辑了。

"本案的关键在于想象一种思维方式，凶手制造四起或者更多起谋杀案，而且每次作案之前都会预先写信告知赫尔克里·波洛作案的时间和地点，这个做法对他来说是合理的，符合逻辑的。

“我的朋友黑斯廷斯会告诉你们，从收到第一封信的那一刻起，我就一直沮丧不安。我立刻感觉到那封信有什么地方不对劲。”

“你的感觉很正确。”富兰克林·克拉克冷冰冰地说。

“是的，但是从一开始，我就犯了个大错。我放任自己的感觉，我对那封信的强烈的感觉——只作为一种纯粹的印象存在。我把它当成了一种直觉。在一个健全理性的头脑中，根本不存在一个叫直觉的东西——受到启发的猜想！当然，你可以猜，你可能猜对，也可能猜错。万一猜对了，你就可以称之为直觉。如果猜错了，通常你就不再提起了。然而，通常被我们称作直觉的东西是建立在逻辑推理或经验基础之上的印象。当一个专家感觉一幅画、一件家具或者支票上的签名有什么不对劲的时候，他的判断完全基于细枝末节。他没有必要详细探究，他的经验会排除这种做法，最终的结果是留下什么地方不对的确切印象。但这不是猜想，而是一种基于经验的印象。

“好吧，我承认，我没用应有的方式看待第一封信。这令我极为不安。警方认为这只是一场恶作剧。我却当真了。我相信如信中所言，有一场谋杀案将在安德沃尔发生。你们知道，那里确实发生了一起谋杀案。

“我很清楚，当时我根本无从知道凶手是谁。我唯一能做的就是试图弄明白那件事是什么样的人干的。

“我掌握了一些线索。那封信，作案方式以及受害者。我必须弄清楚犯罪的动机和写信的动机。”

“引起公众的注意。”克拉克建议道。

“肯定是自卑情结作祟。”托拉·格雷补充道。

“当然，这个方向是显而易见的。但他为什么要写信给我？为什么是赫尔克里·波洛？把信寄给苏格兰场能获得更大的关注，寄给报社的话影响就更大了。报社不一定会登出第一封信，但等到第二起谋杀案发生时，媒体会将所有的焦点聚集在 ABC 身上。为什么是赫尔克里·波洛？是出于个人原因吗？信上确实透漏了那么一点儿排外倾向，但这个解释无法令我满意。

“然后，第二封信来了，接着贝蒂·巴纳德在贝克斯希尔遇害。现在清楚了——我早就怀疑过这一点——这些谋杀案是按照字母顺序推进的，虽然对于大多数个人而言，这是最终的事实，但我脑子里的那个主要问题依然没变：ABC 为什么要杀人？”

梅根·巴纳德在座位上扭来扭去。

“难道没有一种东西叫——嗜血吗？”她说道。

波洛转身面向她。

“你说得很对，小姐。确实有这种东西。杀人的欲望。但这与本案的情况不符。渴望杀人的杀人狂往往渴望杀尽可能多的人。这是一种循环往复的渴望。这种杀手会尽量隐藏自己的行踪——不会为自己做广告。当我们考虑被选中的四个受害人——至少是其中的三个人，因为我对唐斯先生和厄斯菲尔德先生了解甚少，我们会意识到，他挑选了这些人，就能除掉他们，而不引起任何怀疑。弗朗兹·阿谢尔、唐纳德·弗雷泽或梅根·巴纳德，可能还有富兰克林·克拉克先生——警方会怀疑这些人，哪怕拿不到直接证据。他们想不到会是一个陌生人干的！那么，为什么凶手觉得有必要唤起大家对他自身的注意呢？有必要在每具尸体旁边放一本 ABC 列车时刻表吗？他是不是有强迫症？列车时刻表是否与某种情结有关？

“我发现在这个时候走入凶手的内心是无法想象的。一定不是因为道德高尚吗？担心一个无辜的人承担罪名？

“尽管我无法回答那个主要问题，但我还是感觉了解到了凶手身上的一些东西。”

“比如说？”弗雷泽问。

“首先，他的思维是平面的。他的罪行是按字母顺序排列的，这显然对他来说很重要。另一方面，他在选择受害人时没有某种特定的偏好——阿谢尔太太、贝蒂·巴纳德、卡迈克尔·克拉克爵士，他们之间的差异很大。他没有性别情结，也没有特定的年龄情结。在我看来，这个现象很奇怪。如果一个人不加选择地杀人，通常是因为他会除掉任何碍他的事或让他觉得讨厌的人。但字母顺序表明这种分析不适合本案。另一种类型的凶手通常会挑选某一类特定的受害人——几乎都是异性。ABC 选择受害人的过程存在偶然性，在我看来，这似乎与字母顺序的选择格格不入。

“我允许自己做了一个小小的推论。ABC 的选择暗示我，他是一个‘火车迷’。这在男人当中更为普遍。小男孩比小女孩更喜欢火车。这种迹象表明，他在某些方面头脑不够发达，也就是说，他虽然是个成年男子，但他身上的‘男孩’气很重。

“贝蒂 · 巴纳德的死和她的被害方式又给了我一些启发。她的死法令人浮想联翩——请原谅，弗雷泽先生——首先，凶手是用她自己的腰带把她勒死的。因此，几乎可以肯定的是，杀害她的人和她之间存在某种友好甚至亲密的关系。当我对她的某些性格特征有所了解后，我的脑海中浮现出一个画面。

“贝蒂 · 巴纳德喜欢调情，喜欢风度翩翩的男人注意她。因此，如果 ABC 想说服她跟他出去，必然要有一定的魅力——性魅力！他必然有办法，正如你们英国人说的那样，让女人‘宽衣解带’，能让女人一见倾心！我想象的海滩上的场景是这样的：男人夸赞她的腰带。她便把它解了下来，他调皮地把腰带缠在她的脖子上，也许他会说‘我要勒死你’。一切都在嬉笑之中。她咯咯地笑，接着，他猛地一拉——”

唐纳德 · 弗雷泽从座位上跳了起来，脸色发紫。

“波洛先生，看在上帝的分儿上！”

波洛做了个手势。

“好了。我不说了。结束了。我们来谈下一起谋杀案，卡迈克尔·克拉克爵士谋杀案。凶手又用了第一次的手法——猛击头部。同样的字母情结——但有一个事实让我有些担心，为了保持一致，凶手应该是按照某种固定顺序来选择城镇的。

“如果安德沃尔是 A 词条下面的第一百五十五个名字，那么 B 谋杀案也应该是 B 词条下面的第一百五十五个——或者第一百五十六个，然后，C 是第一百五十七个。但事实并非如此，作案地点也是他随意挑选的。”

“难道不是因为你在这个问题上有严重的倾向性吗，波洛？”我提出建议，“你就是一个做起事来有条理有系统的人。几乎算是一种病。”

“不，不是病！你这是什么观点！不过，我承认，我可能过分强调这一点了。咱们先不谈这个！

“彻斯顿案几乎没有给我提供额外的帮助。在这个案子上，我们的运气不好，信封上的收件地址写错了，我们根本来不及准备。

“但到了宣布发生 D 谋杀案时，我们已经建立了一个非常强大的防御体系。显然，ABC 已经不能再寄希望于侥幸逃脱了。

“此外，就在这个时候，我们得到了长筒袜这个线索。很显然，有一个推销长筒袜的人，每次都会在犯罪现场或者附近地区出现，这绝不可能是巧合。因为那个卖袜子的人应该就是凶手。然而，格雷小姐向我描述的那个人的样子，和我自己对那个勒死贝蒂·巴纳德的人的想象对不上号。

“我会迅速带过下几个阶段。第四起谋杀案发生了——一个叫乔治·厄斯菲尔德的人遇害了，看来，凶手这次杀错了人，他本来想杀的人叫唐斯，那个人和死者身材相仿，而且在电影院里相邻而坐。

“现在，形势终于扭转了。情况开始对 ABC 不利，而不是像以前那样掌握在他手里。他被锁定，追捕，并最终被擒获。

“这个案子，就像黑斯廷斯说的那样，了结了！

“对公众而言的确如此。那个家伙被关进了监狱，毫无疑问，最终他会被送进布罗德莫精神病院。再也不会有谋杀案了。退场！终结！愿他安息吧。

“但是，对我来说，这个案子还没有结束！我什么都不知道，一无所知！不知道原因何在。

“还有一件小事令我苦恼。贝克斯希尔谋杀案发生那晚，卡斯特有不在场证明。”

“这件事也一直困扰着我。”富兰克林·克拉克说。

“是啊。我也为此烦恼。我感觉那个不在场证明是真的。但又不可能是真的，除非——现在，我有两个非常有意思的推测。

“假设，我的朋友们，四个案子里有三个是卡斯特干的——A 案、C 案和 D 案——B 案不是他干的。”

“波洛先生，这不——”

波洛看了一眼梅根·巴纳德，示意她闭嘴。

“保持安静，小姐。我在追寻真相！我受够了谎言。我说，假设 ABC 没有制造第二起凶杀案。记住，案发时间是二十五号凌晨——那天他已经来到了犯罪地点。假设有人抢先一步呢？在那种情况下，他会怎么做？再制造一起谋杀案，还是保持沉默，接受有人先下手这个可怕的事实？”

“波洛先生！”梅根说，“这个想法太离奇了！所有的谋杀案肯定都出自同一人之手！”

他没有理睬她，继续沉着地说下去：

“这个假设的优势在于可以解释一个事实——亚历山大·波拿巴·卡斯特的个性（从来没有一个姑娘对他一见倾心）与杀害贝蒂·巴纳德的凶手的个性之间的差异。我们以前就知道有些凶手会利用其他人犯下的罪行。举个例子来说，归在开膛手杰克名下的罪案并不都是开膛手杰克干的。到目前为止，一切还好。

“然而，接下来我遇到了一个难题。

“直到巴纳德谋杀案发生时，ABC 系列谋杀案的情况尚未公之于众。安德沃尔谋杀案没有引起大家多少兴趣。媒体甚至没有提到那本打开的列车时刻表。接下来，无论是谁杀死了贝蒂·巴纳德，那个人肯定掌握了一些只有少数人才知道的情况，这些人包括我、警方，还有阿谢尔太太的一些亲戚和邻居。

“这个调查方向似乎将我带到一堵没有门窗的墙壁前面。”

那些望着波洛的脸孔也是茫然的。茫然且困惑。

唐纳德·弗雷泽若有所思地说：

“警察毕竟也是人嘛。而且是好看的男人——”

他停下来，用探询的眼神看着波洛。

波洛轻轻地摇头。

“不，比这个要简单。我说过还有第二种假设。

“假设卡斯特不对杀害贝蒂·巴纳德一案负责呢？假设杀害她的另有其人。那个人是否可能对其他谋杀案负责呢？”

“但这样说不通。”克拉克大声说。

“说不通吗？然后我做了一开始就该做的事。我从完全不同的视角研究了一下我收到的那些信。最初我就觉得这些信不对劲——就像研究绘画的专家知道一幅画有问题一样……

“我没有停下来思考，就假定这些信的问题在于写信人是个疯子。

“后来我又把这些信仔细研究了一遍——这次我得出了全然不同的结论。这些信不对劲的地方在于写信的是一个头脑正常的人！”

“什么？”我大叫道。

“是的，千真万确！它们的问题和一幅画的问题一样——因为它们都是赝品！假装出自疯子——杀人狂之手，其实，根本不是那么回事。”

“这说不通！”富兰克林·克拉克重复道。

“但事实就是这样！人必须推理——思考。写这些信的目的是什么？将大众的目光汇聚到写信人身上，把大家的注意力引向谋杀案！事实上，乍一看确实说不通。后来，我明白了，是为了让大家把注意力集中在几件谋杀案上——一系列谋杀案上……你们伟大的莎士比亚不是说过‘不能只见树木，不见森林’吗？”

我没有纠正波洛文学方面的记忆。我正在试图理解他的观点。我似乎看到了一丝光亮。他继续说道：

“你们在什么情况下最不注意一根针？针插在针垫上的时候！你们什么时候最不注意一起孤立的谋杀案？当它是一系列相关谋杀案中的一起的时候。

“我要对付的是一个足智多谋的凶手——他不计后果、胆大妄为，是个彻头彻尾的赌徒。他不是卡斯特先生！他绝不可能制造这些谋杀案！不，我要对付的人很不一样。他是个孩子气的男人——有仿佛出自小男生之手的信和列车时刻表为证；一个对女人富有吸引力的男人，一个无情地漠视生命的男人，他必定是其中一起谋杀案中的重要人物！

“你们考虑一下，当一个男人或女人被杀时，警方会问什么问题？时机。罪案发生时每个人都在哪里？动机。受害者死后获益的人是谁？如果动机和时机都很明显，那么，凶手会做些什么？伪造不在场证明——也就是说，以某种方式篡改时间。这么做很危险。于是，凶手想出了一个更加令人难以置信的方法来保护自己。创造一个杀人凶手！

“我现在只需回顾一下每起案件，找出可能有罪的那个人。安德沃尔案？最有可能的嫌疑人是弗朗兹·阿谢尔，但我无法想象阿谢尔先生能如此煞费苦心地创造并实施这样一个计划，我也想象不出他会策划一起有预谋的凶杀案。贝克斯希尔案？唐纳德·弗雷泽可能有嫌疑。他有头脑，有能力，思考方式有条不紊。但他杀死心上人的动机只有一个，那就是吃醋——吃醋并不会导致预谋杀人。我还了解到，八月初他去度假了，所以，他不太可能和彻斯顿案有任何关系。接下来是彻斯顿案——我们立即来到了一片有无限希望之地。

“卡迈克尔·克拉克爵士是个富豪。谁会继承他的遗产？他垂死的妻子有终身财产所有权，她去世后，这些财产将归卡迈克尔·克拉克爵士的弟弟富兰克林·克拉克所有。”

波洛慢慢转过身，直至目光与富兰克林·克拉克的目光相遇。

“到了这个时候，我心里就有谱了。那个我在内心深处认识了很长时间的人，正是我在生活中认识的一个人。ABC 和富兰克林 · 克拉克是同一个人！胆大妄为爱冒险的性格，四处游荡的生活，在隐约嘲笑外国人时显露出来的对英国的偏爱。富有吸引力的轻松自在的态度——在咖啡馆搭上一个姑娘对他来说轻而易举。井井有条的、平面化的思维方式——有一天，他在这儿列了一个单子，在 ABC 的标题上打钩。最后，他的孩子气——克拉克夫人提到过这一点，从他读小说的品位上也体现出来了——我已经查清楚了，图书馆有一本伊迪丝 · 内斯比特写的书，书名就叫《铁路男孩》。我的头脑中不再有任何疑问，那个 ABC，那个写信杀人的人，就是富兰克林 · 克拉克。”

克拉克突然纵声大笑起来。

“真有创意！那你怎么解释我们的朋友，那个被当场抓住的卡斯特？他衣服上的血迹是怎么回事？还有他藏在住处的那把刀？他也许否认自己犯了那些罪——”

波洛打断他的话。

“你大错特错。他已经供认了。”

“什么？”克拉克像是真的吃了一惊。

“哦，是的，”波洛温和地说，“我刚跟他聊了几句就意识到卡斯特相信自己是有罪的。”

“即使这样也没能让波洛先生满意吗？”克拉克说。

“不满意。因为我一看见他就知道他不可能有罪！他既没有那个勇气，也没有这个胆量——我还可以补充一句，他也不具备策划的头脑！我从一开始就知道凶手有双重性格。现在我明白这两种性格的构成了——真的凶手，狡诈、足智多谋、胆子大；而那个假的凶手，愚蠢、优柔寡断、容易受人摆布。

“容易受人摆布——卡斯特先生之谜就在这里！克拉克先生，制订这一系列的计划，把人们的注意力从一件孤立的谋杀案中转移开，对你来说还不够。你还要找一个给你打掩护的人。

“我想，有一天，你在一个小咖啡馆里偶遇了这个名字很夸张的怪人，于是，你脑子里第一次产生了这个念头。当时各种杀死你哥哥的计划开始在你脑子里翻腾。”

“真的吗？为什么？”

“因为未来令你无限恐慌。不知道你是否意识到了这一点，克拉克先生，你给我看过一封你哥哥写给你的信，我就是从那时开始怀疑你的。他对托拉·格雷小姐的喜爱和专注一展无遗。他对她的感情也许是父亲般的关爱——也许他更愿意这样想。然而，如果你嫂子死了，由于生活上的孤单寂寞，他很可能会转向这位美丽的姑娘，在她身上寻求同情和安慰，以至于最后——这种事在老年人身上时有发生——把她娶回家。对格雷小姐有所了解后，你就更害怕了。我认为，你看人很准，尽管有些愤世嫉俗。据你判断，无论对错，格雷小姐是那种‘急于成功’的姑娘。如果有成为克拉克夫人的机会，她会急切地一把抓住，对于这一点，你毫不怀疑。你哥哥的身体特别健康，而且精力充沛。他们结婚后可能会有孩子，这样的话，你继承遗产的机会就荡然无存了。

“我认为，你这辈子基本上是个失意的人。俗话说，滚石不生苔，转业不聚财。你非常嫉妒你哥哥的财富。

“我再重复一遍刚才说的话，你反复考虑了各种计划，遇到卡斯特先生后，你终于打定了主意。他夸张的教名，他对癫痫病发作和头疼的描述，他整个人犹豫不决、畏畏缩缩的性格，都给你留下了深刻的印象，他恰好就是你想要的工具。你脑子里立刻蹦出了整个字母表计划——卡斯特的姓名缩写——事实上，你哥哥的姓以 C 开头并住在彻斯顿这一事实，是这个计划的核心。你甚至向卡斯特暗示了他可能会有的下场——尽管你很难期望这个建议会获得丰硕的成果！

“你准备得相当出色。你以卡斯特的名义写信给厂家，让他们把大量的袜子放在他那里寄售。你又给他寄去了很多本包装相似的 ABC 列车时刻表。你给他写了一封信——一封用打字机打出来的信，声称那个厂家将给他提供丰厚的薪水和佣金。你事先经过周密策划，把随后要寄出去的信全部打出来，然后，你把打这些信的那台打字机交给了他。

“接下来，你必须找到两个受害人，他们的姓名分别以 A 和 B 开头，他们所居住的城市也必须以相同的字母开头。

“你偶然发现了安德沃尔，觉得那个地点很合适，在那里做了初步侦察后，你把阿谢尔太太的小店定为第一次作案的地点。她的姓名就清清楚楚地写在门上方，而且你在踩点后发现，她经常独自待在店里。杀死她需要勇气、胆量和一定的运气。

“至于字母 B，你不得不改变策略。可以想见，警方已经提醒过开店的单身女子。我能想象得到，你频繁光顾几家咖啡馆和茶室，和那里的姑娘们说说笑笑，目的是找到名字以 B 开头的合适对象。

“你发现贝蒂 · 巴纳德正是你要找的那种女孩。你和她约会了一两次，并向她解释，你已经结婚了，所以两个人只能偷偷摸摸地出去。

“初步计划完成后，你就要大干一场了！你把安德沃尔的客户名单寄给了卡斯特，命令他在特定的日子到那里去，并把第一封 ABC 信寄给了我。

“你在指定的那一天去了安德沃尔，杀死了阿谢尔太太——你的计划没有受到任何破坏。

“一号谋杀案大功告成。

“至于第二起谋杀案，你在作案时非常谨慎，其实，你是在前一天干的。我确信，贝蒂 · 巴纳德是在七月二十四号午夜之前被杀的。

“我们现在来到了三号谋杀案——这才是重中之重，

实际上，从你的观点来看，这才是真正的谋杀。

“在此，我应该好好表扬一下黑斯廷斯，因为他发表过一个简单且明确的观点，而我们都没有注意到。

“他认为第三封信是故意误投的！

“他说得很对！

“一直困扰我的那个问题的答案就在那个简单的事实里。为什么凶手要把这些信寄给赫尔克里·波洛，一个私人侦探，而不是警方呢？

“我曾经误以为有什么个人原因。

“但完全不是这样！这些信之所以寄给我，是因为你这个计划的关键就是要写错其中一封信的地址，误投到别处——但你不可能让一封收信地址是苏格兰场刑事调查科的信误投！所以必须是个私人地址。你选择我，是因为我有相当的知名度，而且我肯定会把信交给警方——此外，你这个思想狭隘的人喜欢看一个外国人出丑。

“信封上的地址你写得很聪明，白港，白马，这是很自然的笔误。只有黑斯廷斯能敏锐到无视细微之处，而是直接关注显而易见的事实！

“你当然是故意把信寄错的！只有在你平安离开犯罪现场后，警察才能开始搜捕。你哥哥晚上散步的习惯给你提供了可乘之机。ABC 案所带来的恐惧成功地主宰了大众的想法，没有一个人想到凶手可能是你。

“只要你哥哥死了，你的目的就达到了，所以，你也不想再去杀人了。另一方面，如果谋杀案毫无缘由地终止，就会有人对真相产生怀疑。

“卡斯特先生，那个给你打掩护的人成功地扮演了一个隐形人的角色——因为他太不起眼了——以至于到那个时候为止，没有人注意到同一个人在三起谋杀案的现场附近出现过！令你恼火的是，甚至连他去过康比赛德的事都没有人提起过。这件事已经被格雷小姐完全抛在了脑后。

“一向胆大包天的你决定再干一场，而且这次必须对作案地点大肆宣传。

“你把行动地点定在了唐卡斯特。

“你的计划非常简单。你当然会去犯罪现场。卡斯特先生也会得到公司的指令去唐卡斯特。你的计划就是跟着他并伺机下手。一切都很顺利。卡斯特先生去了一家电影院。事情很简单。你找了一个离他不远的座位坐下来。当他起身要走时，你也准备离场。你假装摇摇晃晃地走路，然后弯下身，刺死了前排那个正在打瞌睡的人，偷偷把那本 ABC 放在他的膝盖上，在漆黑的过道里，你故意狠狠地撞了一下卡斯特先生，在他的袖子上擦了擦刀，然后把刀悄悄塞进他的口袋里。

“你根本不想费心去找一个名字是 D 开头的受害人。随便杀一个就行了！你判断——你想得没错——这会被认为是误杀。不远处肯定有某个观众的名字是 D 开头的，大家会认为你本来想杀的是那个人。

“现在，我的朋友们，我们从假ABC，也就是卡斯特先生的角度来考虑这个案子。

“安德沃尔案对他来说毫无意义。贝克斯希尔案令他震惊——哎呀，那个时间他自己刚好就在那里！随后是彻斯顿案和各家报纸铺天盖地的宣传。安德沃尔发生ABC案时他在那里，贝克斯希尔发生ABC案时，他也在那里，现在又有一起谋杀案发生在附近……三起谋杀案，每次他都在现场。饱受癫痫之苦的人通常会有记忆空白，有时候他们会忘了自己做过什么……要记住，卡斯特是个紧张兮兮、神经高度过敏，而且极易受他人影响的人。

“接下来，他收到了去唐卡斯特的指令。

“唐卡斯特！下一起ABC案将发生在唐卡斯特。他肯定感觉这是命中注定。他丧失了勇气，想象房东太太用怀疑的目光看他，于是他告诉她，他要去切尔滕纳姆。

“他去了唐卡斯特，因为这是他的职责所在。下午他去了电影院。可能还打了一两分钟的瞌睡。

“你们想一想，当他返回住处，发现外套的袖子上有血迹，口袋里还装着一把沾了血的刀时，他会做何感想。所有那些隐隐约约不祥的预感一下子变成了确定的事实。

“他，他自己，就是那个杀人犯！他想起自己的头痛，短暂的失忆。他对这个真相深信不疑——他，亚历山大·波拿巴·卡斯特，是个杀人狂。

“此后，他的行为好似一只被猎捕的动物。他回到自己在伦敦的住所。他在那儿是安全的——这一点大家都知道。他们以为他还在切尔滕纳姆。他还带着那把刀——当然，这么做愚蠢透顶。他把刀藏在衣帽架后面。

“后来，有一天，有人通知他说警察要来了。一切都完了！他们都知道了！

“这头被猎捕的动物开始最后的逃亡……

“我不知道他为什么要去安德沃尔，这大概是一种病态的欲望，想看一眼罪案发生的地点，那个他杀过人的地方，尽管他什么也不记得了……

“他身无分文，筋疲力尽……他的脚不由自主地把他带到了警察局。

“然而，即便走投无路的困兽也会试图挣扎。卡斯特先生完全相信是自己制造了这些谋杀案，但他又坚持为自己做无罪辩护。他不顾一切地抓住第二次罪案发生时的不在场证明。至少这个罪过不能算在他头上。

“正如我所讲过的，我一眼就知道他不是凶手，我的名字对他也毫无意义。我还知道，他自认为是那个凶手！

“在他向我供述他的罪行后，我比任何时候都更相信，我的观点是正确的。”

“你的观点，”富兰克林·克拉克说，“是荒谬的！”

波洛摇了摇头。

“不，克拉克先生。只要没有人怀疑你，你就是安全的。但一旦怀疑你有罪，拿到证据很容易。”

“证据？”

“是的，我在康比赛德的一个壁橱里发现了你在安德沃尔和彻斯顿谋杀案中使用过的棍子。一根普通的棍子，带着厚厚的球形手柄。有一截木头被去掉了，灌入了铅溶液。你的照片被两个人从六张照片中挑选出来，他们看见你离开电影院，而那个时候你应该在唐卡斯特的赛马场。你在贝克斯希尔的时候，被米莉·希格利和‘红花菜豆’旅馆的一个女孩认出来了，案发当晚你曾经带贝蒂·巴纳德去那个旅馆吃过饭。最后，最最该死的是，你忽略了一个最基本的预防措施。你在卡斯特先生的打字机上留下了指纹——如果你真的是清白的，就绝对不可能碰过那台打字机。”

克拉克静静地坐了一会儿，然后说：

“红色，奇数，曼克[①]！你赢了，波洛先生！不过，尝试一下还是值得的！”

他以快得令人难以置信的速度从口袋里掏出一支自动手枪，顶住了自己的头。

我大叫了一声，不自觉地身子一缩，等待枪声响起。

然而，我没听到砰的一声——扳机只是咔嗒响了一下，没给他造成任何伤害。

克拉克惊讶地瞪着那支枪，骂了一句脏话。

①轮盘赌中对数字一至十八下的赌注。

“不，克拉克先生，”波洛说，“你可能注意到了，我今天带了一个新的男仆，我的一个朋友，他是个顺手牵羊的专家。他从你口袋里偷走手枪，卸下子弹，又放了回去，你根本没发现。”

“你这个十足的外国狂徒！”克拉克大叫道，气得脸色铁青。

“是的，是的，这是你的感觉。不，克拉克先生，你没那么容易就死。你告诉过卡斯特先生，你曾经差点儿淹死。你知道这意味着什么吗——你注定有另一种命运。”

“你——”

他说不出话来。脸色发青，威胁般地握紧拳头。

苏格兰场的两名侦探从隔壁房间走过来，其中一位是克罗姆。他走到克拉克面前，说出了由来已久的套话：“我警告你，你所说的每一句话都将作为呈堂证供。”

“他说的已经够多了。”波洛说。接着，他又对克拉克说：“你浑身上下充满了褊狭的优越感，但我认为你的罪行一点儿也不英式——不光明正大，不公平——”

第三十五章　结局

不好意思，当门在富兰克林·克拉克身后关上时，我狂笑起来。

波洛略显惊讶地看着我。

“我笑是因为，你对他说，他的罪行不公平。”我喘着气说道。

“千真万确。真可恶——不是因为他谋害了自己的亲哥哥，而是让一个倒霉蛋生不如死，这太残酷了。抓住一只狐狸，把它关进笼子里，再也不让它跑掉！这不公平！”

梅根·巴纳德长叹一声。

“我不敢相信，不敢相信。这是真的吗？”

“是真的，小姐。噩梦已经过去了。”

她看着他，面色变得凝重。

波洛转向弗雷泽。

“梅根小姐一直担心第二起谋杀案是你干的。”

唐纳德·弗雷泽平静地说：

“我也猜到了。”

“因为你做的那个梦？”他把身子往这个年轻人那边挪了一点儿，神秘兮兮地压低嗓音，“我可以给那个梦一个合理的解释。你发现，妹妹的形象在你记忆中淡去，她的位置被姐姐替代了。在你心目中，梅根小姐取代了她妹妹，但你无法容忍自己这么快就对死者不忠，于是你竭力压制这个念头，想要扼杀它！这就是我对那个梦的解释。”

弗雷泽的眼睛瞥向梅根。

“不要害怕忘记，”波洛温和地说，“她并不值得你牢记。梅根小姐才是百里挑一的——她有一颗美丽的心！”

唐纳德·弗雷泽的眼睛亮了起来。

“我相信你说得对。”

我们围在波洛身边七嘴八舌提问，要他解释这个，说明那个。

“波洛，那些问题，那天你问每个人的问题，里面有什么含义吗？”

“有些问题只是玩笑话。但我从中了解了我想知道的一件事——第一封信寄出时，富兰克林·克拉克在伦敦。而且，当我向托拉·格雷提问时，我想看他会有什么反应。他丝毫没加防备。我在他眼中看到了怨恨和愤怒。”

“你一点儿也没顾及我的感受。”托拉·格雷说。

“我就没指望你会告诉我实话，小姐。”波洛冷冰冰地说，“现在，你的第二个期望也落空了。富兰克林·克拉克不会继承他哥哥的财产。”

她猛地抬起头。

“我有必要留在这里被你羞辱吗？”

“完全没有必要。”波洛说着，礼貌地为她开门。

“指纹解决了问题，波洛，”我若有所思地说，“你提到指纹的时候，他完全崩溃了。”

“是的，很有用——那些指纹。”

他若有所思地补充道：

“我加上那句话是为了让你高兴，我的朋友。”

“波洛，”我大叫道，“难道这不是真的吗？”

“根本没有这么回事，我的朋友。”赫尔克里·波洛说。

2

我必须提一件事，几天后，亚历山大·波拿巴·卡斯特来看我们。在紧紧抓住波洛的手、语无伦次地连连道谢后，卡斯特挺直身子，说道：

“你们知道吗，有家报社出价一百英镑，一百英镑，要我简单地讲述一下我的个人经历。我，我真不知道该怎么办才好。”

“我才不会接受一百英镑，”波洛说，“你的态度一定要坚决一点儿。你就说，五百英镑才是你的价码。而且不要仅限于一家报纸。”

“你真的认为，我可以——”

“你必须认识到，”波洛微笑着说，“你现在是个大名人了。实际上，你是当今英格兰最著名的人物。”

卡斯特先生的腰板挺得更直了。一束喜悦的光照亮了他的脸。

“你知道吗，我相信你是对的！名人！我要上所有的报纸。我会采纳你的建议，波洛先生。钱最令人愉快了——最令人愉快。我要去度几天假……我还要送给莉莉·马伯里一份精美的结婚礼物——她是个可爱的姑娘，真是个可爱的姑娘，波洛先生。”

波洛鼓励地拍拍他的肩膀。

“你说得很对。好好享受生活吧。我再加一句话，你抽空去看看眼科医生吧？你头痛可能是因为需要配一副新眼镜了。”

“你认为一直都是这个原因？”

“是的。”

卡斯特先生热情地握了握他的手。

“你真是个了不起的人，波洛先生。”

波洛向来不蔑视赞美，他甚至没能装得谦虚一些。

卡斯特大摇大摆走出门后，我的老朋友微笑着对我说：

“你看，黑斯廷斯，我们又在一起打猎了，不是吗？运动万岁。”

图书在版编目（CIP）数据

ABC 谋杀案：精装纪念新版 /（英）阿加莎·克里斯蒂著；赵文伟译. -- 4 版. -- 北京：新星出版社，2025. 6. -- ISBN 978-7-5133-6068-5

Ⅰ. I561.45

中国国家版本馆 CIP 数据核字第 2025WS0758 号

午夜文库
谢刚 主持

ABC 谋杀案（精装纪念新版）

[英] 阿加莎·克里斯蒂 著；赵文伟 译

责任编辑 曹晓雅　　**统筹编辑** 王 欢
责任印制 李珊珊　　**责任校对** 刘 义
封面插图 宣 和　　**装帧设计** 周伟伟

出 版 人 马汝军
出版发行 新星出版社
（北京市西城区车公庄大街丙 3 号楼 8001　100044）
网　　址 www.newstarpress.com
法律顾问 北京市岳成律师事务所
印　　刷 北京天恒嘉业印刷有限公司
开　　本 889mm × 1092mm　1/32
印　　张 9.5
字　　数 175 千字
版　　次 2025 年 6 月第 4 版　　2025 年 6 月第 1 次印刷
书　　号 ISBN 978-7-5133-6068-5
定　　价 65.00 元

总机：010-88310888　　**传真**：010-65270449　　**销售中心**：010-88310811